Scrittori italiani e stranieri

Laura Marzi

Stelle cadenti

ROMANZO

MONDADORI

Della stessa autrice in edizione Mondadori
La materia alternativa

mondadori.it

Stelle cadenti
di Laura Marzi
Collezione Scrittori italiani e stranieri

ISBN 978-88-04-79118-8

I edizione aprile 2025

Stelle cadenti

A mia madre

PRIMA PARTE

1993

1

Ogni anno nostro padre accompagnava a turno me e mio fratello ad acquistare delle nuove scarpe da ginnastica. Quando lo arrestarono stava tornando a casa con Edoardo: lo aveva portato a comprare le Nike.

Fu la signora che si occupava di noi e della casa, Rosa, a raccontarmi che, quando arrivarono al portone, i carabinieri, che erano evidentemente appostati sotto casa nostra, si accostarono e gli chiesero di andare con loro. O gli dissero: "Dottor Montella, lei è in arresto"? Non gliel'ho mai chiesto, non l'ho mai chiesto neanche a mio fratello che era accanto a lui, bellissimo, con i capelli lunghi fino a metà schiena, neri, a boccoli composti.

Chissà se le due guardie furono contente di essere il braccio di una rinnovata giustizia italiana, che finalmente tagliava la testa del sistema politico che per oltre quarant'anni aveva governato e derubato il Paese. Chissà se furono ancora più fiere vedendo che l'esemplare di quel sistema che stavano conducendo alla giusta punizione, mio padre, permetteva a un figlio maschio di portare i capelli lunghi come una donna.

Che cosa avrei fatto se fossi stata al suo posto? Se invece di Edoardo, allora così succube dell'autorità di mio padre, ci fossi stata io, che a quel tempo ero leninista e quando occupavamo scuola e la Digos veniva a sgomberarci mi scagliavo contro i poliziotti?

Quando usai la parola "celerino" in una delle innumerevoli occasioni in cui litigavamo per questioni politiche, mio padre si alzò in piedi urlando: «Non osare!». Fu l'unica volta che interruppe lo scontro, schifato dal mio anacronismo. Chissà se avessi insultato i carabinieri che lo portavano via di chi avrebbe preso le parti. Lo so, le loro.

Avevo quasi diciotto anni e durante la settimana avevo l'obbligo di rientrare a casa entro le 18.30. A pranzo io e mio fratello, di un anno più grande, mangiavamo da soli, o meglio stavamo seduti a tavola mentre Rosa ci serviva il pasto e poi si indaffarava subito a fare qualcos'altro: stirare, stendere i panni, lavare e cambiare le tende...

Quando eravamo bambini si concedeva di sedersi con me e Edoardo sul divano a guardare insieme *Lady Oscar*. Io mangiavo un Danette alla vaniglia, come i veri supereroi. Mettevo la testa sul suo seno, Edoardo l'abbracciava dall'altro lato ed eravamo sereni, due bambini accoccolati con la mamma, anche se finta.

Nostra madre lavorava ogni sera fino a tardi: era una dirigente comunale e si occupava dell'organizzazione di eventi culturali. Le piaceva il suo lavoro, e le ore in cui guardava e selezionava film d'essai erano un tempo libero da noi, dai Montella, dalla sua famiglia, e lei decideva di protrarlo il più possibile, ogni giorno, rientrando sempre a casa per ultima.

Nostro padre era socio di uno studio di commercialisti, ma soprattutto era il segretario della sezione regionale della Democrazia Cristiana, nonché vicepresidente della giunta regionale. Ci teneva a rincasare in tempo per andare a fare la spesa, anche se poi molto spesso usciva di nuovo, a cena o dopo, per le infinite riunioni della sua vita: ogni giorno, però, cercava di non mancare l'obiettivo di recarsi al supermarket sotto casa e riempire due buste con prodotti di marca. I tortellini, la salsa, i biscotti, le marmellate. Non comprava quasi mai la carne né le verdure, credo perché non avevano il giusto potenziale estetico, nessuna eleganza.

Quel giorno di febbraio aveva di certo intenzione di salire a casa con Edoardo, lasciare la ventiquattrore e poi andare a comprare altre cose con cui riempire il nostro frigo già stracolmo, mentre io tornavo a casa con le guance arrossate per l'aria fredda dell'inverno torinese. Invece lo arrestarono.

Rosa cucinò lo stesso quella sera, una zuppa di fagioli, ma nessuno la mangiò. Suo figlio, che spesso la passava a prendere ma la aspettava in strada, salì in casa. Si sedette sulla sedia a capotavola in cucina e le disse, mentre lei stava ai fornelli e un po' mescolava, un po' piangeva, che aveva già sentito la notizia alla radio: il dottor Arturo Montella era stato portato nella casa circondariale. Pensai a quanto fosse assurdo che chiamassero la prigione "casa" e glielo dissi. Lui, che aveva sempre avuto imbarazzo a guardarmi e che ogni volta che incontrava mio padre sorrideva agitato e accondiscendente, quella volta mi osservò sereno e indifferente, sembrava quasi contento.

Caricò in macchina me e mio fratello, come due pupazzi ben vestiti, e ci portò a casa di Rosa, che aveva deciso che era meglio passassimo la serata da lei.

La luce della sua cucina era più fioca di quella della nostra e c'era meno spazio, o forse era accorsa troppa gente: i figli di Rosa parlavano di strategie legali, ipotizzavano tipi di pene o di assoluzioni. Dalla televisione accesa, intanto, per la prima di tante volte Claudio Brosio, leggendo dal taccuino in cui ogni giorno annotava i nuovi arresti, nominò Arturo Montella. Disse che era accusato di corruzione e di aver ricevuto denaro per finanziamento illecito al partito, che era stato tradotto in carcere in serata e che l'indomani avrebbe avuto il primo interrogatorio col GIP. Imparai presto cosa fosse un GIP: giudice per le indagini preliminari.

Davanti alla tv, quella sera, la parola GIP mi fece pensare a *Cipì*, il libro preferito di Edoardo quando eravamo bambini, e vidi sovrapporsi alla faccia del passerotto protagonista del testo di Mario Lodi quella di mio padre, con la barba, la cravatta e due ali gialle piccolissime: "Cipì, Cipì, voglio uscire da qui". Scoprii che era stato proprio il GIP a richiedere l'arresto di mio padre.

Non vidi mia madre quella sera: né io né Edoardo provammo a cercarla, sapevamo che era andata direttamente dal suo ufficio a quello dell'avvocato.

Qualche settimana prima lei e mio padre avevano avuto una conversazione in salotto, dopo cena, quando solo la luce della televisione era accesa e io stavo stravaccata sulla poltrona.

Loro erano sul divano e mio fratello in camera sua. Io mi godevo tutto: la comodità del poggiapiedi che usciva automaticamente tirando una levetta sul lato sinistro, vero lusso nei primi anni Novanta, il tepore del termosifone su cui mi appoggiavo fino a che non sentivo i piedi bruciare, la soddisfazione della mia vita che proseguiva lineare e potente verso l'espansione, a suon di bei voti, collettivi studenteschi e infatuazioni sempre corrisposte.

«Perché mi dici questo? Cosa ti hanno detto?» gli chiedeva lei.

«Niente, però potrebbe accadere e voglio che tu sia preparata.»

«Potrebbe accadere?»

«Sì, non succederà, ma se fosse, devi chiamare l'avvocato...»

Si erano alzati ed erano andati nello studio di mio padre. Non avevo chiesto nulla, non mi ero alzata, non li avevo seguiti, eppure avevo capito perfettamente che mio padre stava dicendo a mia madre che avrebbe potuto essere arrestato.

Non sapevo di far parte di un sistema che stava crollando, oppure ero consapevole che non era più possibile scostarsi, che tanto valeva aspettare comoda la fine di un'epoca?

Non lo raccontai neanche a Edoardo, che non era solo mio fratello, era l'unico mio legame familiare che equivaleva a una presenza quotidiana, l'unica persona su cui sentivo di poter contare.

I nostri genitori, lucenti nelle loro vite invidiabili, erano stelle che brillavano lontane: mio padre sempre preso da litigi nel partito e da attacchi esterni, sempre intento a spiegare ai suoi strategie di azione e di difesa o a ricevere chi gli chiedeva aiuto per un figlio scapestrato o un fratello disoccupato. Mia madre in ufficio tutto il giorno, dal lunedì al sabato, impegnata a costruirsi un'identità ulteriore rispetto a quella di moglie di Arturo Montella. Entrambi si occupavano della nostra dignità: che fossimo decenti, nel modo di parlare, di vestire, di comportarci, disinteressandosi del tutto delle nostre passioni e non esprimendo mai la voglia di stare con noi.

Credo sia per questo che Edoardo e io non consideravamo l'ipotesi di non andare d'accordo, come pure accade a molti fratelli, di litigare: ci saremmo condannati alla solitudine vera, quella contraria all'istinto di un animale sociale come è l'essere umano. I nostri caratteri così diversi, che naturalmente ci avrebbero condotto allo scontro, erano meno importanti, scivolavano in secondo piano rispetto al nostro vincolo, a un patto non detto: noi siamo alleati, noi siamo soli.

La sera dell'arresto mia madre rientrò che io ero già a letto.

L'indomani mi svegliò, come tutte le mattine: «Ludo». A quel tempo nessuno mi chiamava con il mio nome intero e io amavo quel diminutivo. Mio padre mi aveva spiegato, quando avevo tre o quattro anni, che Ludo è la prima persona del verbo latino "giocare", che nel mio nome c'erano la gioia e tutte le cose che ci rendono contenti: il gioco, il ballo, la poesia, e poi mi aveva detto che il mio nome intero, Ludovica, significava "forte in battaglia", che così si chiamavano le bambine che sarebbero diventate delle donne vincenti.

«Tu sarai rettrice di un'università» mi diceva, e io mi divertivo a contraddirlo: «Tu pensi che io sia un topo di biblioteca, ma non è così, semmai diventerò presidente del Consiglio».

«La sinistra non andrà mai al governo, al massimo potrai diventare ministro della Cultura, visto che quel ministero ve lo lasciamo sempre...» Discutevamo sulla forma che avrebbe preso il mio futuro, ma entrambi non avevamo dubbi sul fatto che sarebbe stato mirabolante.

La mattina bastava che mia madre pronunciasse il mio nome, neanche troppo forte, e io uscivo dal letto, dalle mie lenzuola da femmina che erano diverse da quelle di Edoardo, mentre il falegname aveva intarsiato nelle testiere di entrambi i nostri letti un cuore identico. Mia madre aveva un amore sconfinato per gli oggetti: acquistandoli con i soldi di suo marito si vendicava della sua assenza e attraverso di loro riversava su di noi il suo attaccamento buono, il sentimento migliore di cui fosse capace. Comprarci qualcosa con cui saremmo stati al caldo o più belli, comodi o troppo eleganti per la nostra età era il suo modo di volerci bene. Per questo vivevamo avvolti e circondati da mobili fatti su misura, canottiere Ragno, asciugamani e coperte Gabel, e tutto era rigorosamente candido e odoroso. Senza il tramite delle cose non sapeva dimostrarci che per lei contavamo qualcosa.

Di solito tornava a sollecitarmi perché mi incantavo bevendo il tè, rimanendo immobile a fissare gli utensili in cucina invece di prepararmi per uscire. Mi capitava di pensare che se l'indomani fossi rimasta l'unica persona in vita sulla Terra la mia ignoranza, la mia impostura sarebbero venute immediatamente a galla: non solo non avrei saputo ricostruire la maggior parte delle cose che usavo quotidianamente, ma se qualche visitatore extraterrestre fosse accorso in mio aiuto, non avrei saputo dargli le minime istruzioni per riprodurre, per esempio, quel ferro da stiro arancione, potentissimo, con cui Rosa tutti i giorni cancellava ogni piega dai nostri indumenti.

«Hai finito la meditazione?» mi chiedeva mia madre. Solo allora mi alzavo per andarmi a lavare.

Quella mattina non ci furono battute. Era già pronta per uscire. Ci chiamò in sala e disse a me e Edoardo che nostro padre era sicuramente innocente, che presto sarebbe stato scarcerato e che lei si sarebbe impegnata perché questo accadesse il prima possibile. Che noi dovevamo andare a scuola a testa alta e rispondere a tono a qualsiasi commento ci venisse rivolto o riferito, senza tirarci indietro. Che solo nel caso in cui qualcuno si fosse rivelato troppo duro o avesse detto cose troppo gravi, eravamo autorizzati a comunicarglielo e allora se ne sarebbe occupata lei. In tutti gli altri casi ci spronava a essere reattivi, coraggiosi e soprattutto, come sempre, autonomi.

Non ci abbracciò, nemmeno noi toccammo lei. Ascoltammo con gli occhi al pavimento e poi la osservammo mentre, perfettamente truccata e pettinata, usciva di casa per la prima volta come la moglie di un ladro.

Io e Edoardo non le abbiamo mai riferito di nessuno degli sfottò ricevuti nei mesi in cui nostro padre rimase in carcere. Né io né mio fratello ci siamo raccontati, del resto, nei tanti pranzi e cene da soli di quel periodo, di tutti i "Montella, le hai comprate le arance?", "Montella, ma quindi adesso diventi povera?", "Montella, ma posso provarci con quella strafiga di tua madre visto che tuo padre è in carcere?", "Montella, ma rubi anche tu?".

Ne parlai solo una volta alla madre di Mariella, che era la mia migliore amica. Eravamo in macchina, lei guidava e alla radio nominarono mio padre. Lei spense immediatamente. Ci fu un silenzio imbarazzato. Capii dagli sguardi che si scambiarono che Mariella aveva avuto istruzioni ben precise: doveva fare finta di niente.

«A scuola mi fanno delle domande imbarazzanti» dissi affacciandomi nello spazio tra i due sedili anteriori.

«Mi dispiace» rispose la donna.

«Anche a me.» Mariella si voltò verso di me dicendolo. Mi agitai e rimpiansi quello stato di rimozione ottusa e calma di prima che parlassi.

«È in carcere, ma è innocente. Sono passati nove giorni, mia madre ci ha detto che entro questa settimana lo faranno sicuramente uscire.» Ci credevo, ma la compassione con cui mi guardò la madre di Mariella non mi diede nessuna consolazione, perché per la prima volta fui io a sentirmi colpevole.

Decisi di non mettermi mai più in una posizione di vulnerabilità fuori di casa. Andavo bene a scuola, anche perché per mio padre era l'unica cosa della nostra vita che fosse importante, tutto il resto erano fatti nostri di cui lui non solo non aveva tempo di interessarsi, ma rispetto ai quali aveva elaborato una personale teoria pedagogica.

Si vantava che il suo distacco rispetto ai nostri sentimenti, paure, desideri, fosse un atto di magnanimità da parte sua e di grande libertà nei nostri confronti. Per lui eravamo come degli alberi: saremmo cresciuti da soli e avremmo dato frutti, perché questa era la nostra natura, il suo seme. Su due cose, però, si imponeva e non c'era modo di opporsi alla sua volontà: dovevamo cenare a casa tutte le sere – poche erano le eccezioni possibili – e andare bene a scuola. Per me e mio fratello contravvenire a questi due unici doveri era impensabile. Anche nei mesi in cui fu in carcere e non poteva chiederci l'unica cosa di cui si sincerava ogni giorno – "Hai studiato?" – io continuai a farlo.

Mio padre studiava in galera, a quanto pare. Dopo qualche settimana che era rinchiuso, uscì su un giornale locale un lungo articolo che raccontava di lui, delle abitudini che stava sviluppando nella sua nuova casa, circondariale. Il giornalista, anch'egli quasi affascinato come chiunque ci avesse a che fare, scrisse che, secondo quanto riferito dal bibliotecario del carcere, il detenuto Montella chiedeva nuovi volumi quasi ogni giorno e trascorreva il suo tempo leggendo. In quell'articolo c'era una sua foto, di quelle solite che avevano ricavato dai manifesti elettorali, ma la mia mente creò un'istantanea diversa: mio padre appoggiato alla sua branda di traverso, con una mano sul libro e il braccio opposto tirato indietro, in stato di tensione, come se dovesse sferrare un colpo di tennis. Leggeva spesso così, con una racchetta da tennis immaginaria da una parte, proteso, come se anche le parole sulle pagine lo stessero sfidando.

Anche sulle cene non contravvenimmo alle sue regole. Mangiavamo a casa, rifiutando le insistenze di Rosa che voleva portarci sempre da lei, pensando, in buona fede, che avessimo bisogno di calore familiare. Lei ci voleva bene e quando diceva, spesso, che eravamo come figli suoi, era anche vero, in parte, quella parte di amore concessa senza che di mezzo ci sia il sangue: il sangue che si passa da corpo a corpo, che genera prole, sorelle e fratelli, si scalda quando ci si innamora, che diventa denso e per questo si dice che il cuore batte più forte, che manca il respiro... è il sangue che subisce la marea, della voglia o del sentimento. La famiglia di Rosa, però, non ci voleva bene affatto, e io avevo iniziato a sentire una diffidenza che mi rendeva inquieta. Dissi a Edoardo che non ci sarei più andata.

Nostra madre non cenava mai con noi, perché spesso dopo il lavoro andava dall'avvocato e anche quando non aveva ragioni per non tornare decideva comunque di stare lontano dalla nostra casa, come se, con la stessa facilità con cui notava un soprammobile fuori posto o un filo fuori trama di una giacca, avesse fiutato che la perfezione dei Montella stava cominciando a guastarsi. E lei non ha mai imparato a stare dove non brilla tutto il sole.

Potevamo cavarcela benissimo da soli come facevamo da una vita. Edo avrebbe preferito andare da Rosa, le chiacchiere di tutta quella gente gli facevano compagnia, lo alleggerivano. Il marito di Rosa, poi, era un uomo molto buono e metteva pace anche solo a vederlo, seduto a capotavola, contento di aver messo su una famiglia interamente composta di persone normali che non avrebbero mai potuto intaccare la sua serenità.

«Edoardo, ma quando li tagli questi capelli?» gli diceva ogni volta ridendo coi polmoni.

«Laslu sté che è così bello» interveniva Rosa. Allora Edoardo faceva una faccia da seduttore, Giorgio rideva di nuovo, come se tutto nella vita potesse fare almeno sorridere, «tutto tranne la morte» ripeteva.

Mio fratello era consapevole che non potevamo dividerci e che se avessi fatto una scenata a casa di Rosa lui non avrebbe saputo come reagire. Quando litigavo con nostro padre – spesso, perché "ero comunista" – Edoardo non aveva dubbi su quale parte prendere: quella di papà. Durante quelle discussioni, che si verificavano rigorosamente solo nella nostra sala da pranzo, in presenza sua e di nostra madre al massimo, non c'era nessuna necessità che lui mi difendesse. Non solo ero a casa nostra, al sicuro, ma soprattutto me l'ero cercata: per lui era incomprensibile che, invece di scegliere di godermi i pochi momenti in cui mio padre poteva illuminarci con la sua sapienza e la sua esperienza, io mi ostinassi a farlo innervosire, a provocarlo e a contraddirlo. Edoardo non mi capiva, ma non mi rimproverava, mentre io a volte gli davo del krumiro e del traditore.

A casa di Rosa, invece, per il nostro tacito patto di sostenerci contro gli estranei, se io avessi fatto quello che minacciavo – e cioè dare del fetido fascista al nipote e dell'idiota al figlio –, avrebbe dovuto per forza difendermi. Così accettò la mia decisione di boicottare quelle cene, a condizione che io fossi d'accordo a lasciare che il suo amico Tommaso si trasferisse da noi.

Tommaso veniva spesso anche prima, attratto da quella stabilità che l'attitudine di mio padre diffondeva in casa come un'aura, come un lucchetto cosmico, anche quando non c'era o forse proprio in virtù della sua assenza.

A casa nostra vigeva un'autorità simbolica che garantiva pace, prosperità ma anche una libertà assoluta, considerato che il sovrano non c'era mai e a noi sudditi era richiesto solo di considerarlo un capo munifico e degno della massima stima.

Anche suo padre si vedeva poco in casa, e forse in fondo facevano così tutti i genitori al tempo. A volte immaginavo un giornalista del futuro domandargli: "Voi quali attività amate svolgere con i vostri figli?" oppure "Quante volte alla settimana passate del tempo di qualità con loro?". E loro, i nostri, giù a sbellicarsi, fumando in faccia al cronista.

Il padre di Tommaso, con la scusa dello stress lavorativo, quando tornava a casa si arrabbiava con lui e lo menava, come se Tommaso fosse un uomo, un suo collega che lo faceva incazzare, il suo capo reparto e non un ragazzo che andava ancora al liceo. Si sfogava con il figlio con la scusa che era ribelle e maleducato, mentre a casa nostra era sempre docile e affamato.

Edoardo sulla poltrona di mio padre, io su quella di mia madre, Tommaso sul divano, guardavamo in televisione, insieme a molti altri e altre sconosciuti, ciò che accadeva a nostro padre. Attenti, mangiando le cene da bambini viziati che Rosa ci lasciava pronte ogni sera, osservavamo Arturo Montella uscire in manette dalla camionetta dei carabinieri per essere condotto davanti al GIP. A volte mi avvicinavo allo schermo per vedere meglio: il colorito del volto, se fosse pettinato, ma riuscivo a memorizzare solo che aveva la barba sfatta e che non indossava la camicia ma delle polo. Lo riconoscevo, ma vedevo un uomo che mio padre non era mai stato, senza cravatta e un po' curvo. Un imputato.

Senza fare commenti ascoltavamo le nuove ipotesi di

reato, le accuse di ulteriori tangenti, i nomi degli altri colpevoli che insieme ad Arturo Montella, a quanto pare, da anni stavano sgretolando le fondamenta della giustizia in Italia. Nessuno di noi diceva una parola e Tommaso era l'unico estraneo capace di non assumere espressioni pietose o di imbarazzo di fronte all'evidenza che nostro padre fosse diventato improvvisamente un criminale.

Anche lui ne sentiva la nostalgia.

Forse perché era il solo amico di Edoardo, Tommy era l'unico che poteva fermarsi a casa nostra senza che vi fosse un invito o una ragione specifica, cenare con noi, partecipare a quel rito in cui la famiglia Montella si riuniva parlando di politica, ma anche di quelli che mio padre definiva "argomenti più ameni": libri da leggere o i fatti che ci accadevano intorno, che potevano essere raccontati solo se riuscivamo a farlo senza diventare pettegoli. Mia madre veniva rimproverata più di tutti, perché falliva un esercizio che suo marito reputava importantissimo: evitare il chiacchiericcio.

Le sarebbe piaciuto ogni tanto poter ricambiare con un minimo di malignità le voci sul suo conto, sul numero di pellicce che possedeva, sul fatto che indossare tutti quei gioielli non era elegante, come non lo era portare i capelli così lunghi, sul fatto che il suo seno non era moderato e democristiano come suo marito; ma appena iniziava a dire la sua su qualcuna delle loro conoscenze comuni o su fatti di partito mio padre la interrompeva, a volte bonariamente, con accondiscendenza, più spesso rinfacciandole che, comunque, lei di politica non aveva mai capito niente. Quando c'era Tommaso, mia madre si rivolgeva a lui dicendo: «In questa famiglia capiscono tutto solo loro due» e indicava me e suo marito. Capitava che gli sfiorasse il viso sedendosi a tavola per ultima, per dimostrargli che era contenta che fosse di nuovo dei nostri. Tommaso accoglieva le sue carezze come un gatto che si fa toccare solo da chi gli piace davvero: chiudeva gli occhi e tirava la testa indietro, io lo fissavo mentre Edoardo abbassava lo sguardo.

2

L'avevo sentito arrivare, anche se stava facendo piano, perché Edoardo dormiva o perché in quelle settimane ci muovevamo tutti con molta circospezione, come se dietro ogni porta o angolo del corridoio potesse nascondersi un altro imprevisto, una pessima sorpresa.

Mio padre era rimasto in carcere, perché la linea di difesa si era dimostrata non solo inadeguata, ma fraudolenta. Il suo avvocato, a cui mia madre si era rivolta subito, era anche il difensore di Bruno Santoianni, un suo sodale di partito, che aveva deciso di scappare, dandosi alla latitanza. Tutti i capi di accusa che pendevano su Arturo Montella pendevano anche su di lui: secondo il GIP, mio padre e Santoianni si erano spartiti le mazzette che l'imprenditore Gedda aveva dichiarato, in carcere, di avergli consegnato. Santoianni, però, prima di scappare, si era messo d'accordo con l'avvocato, rivelatosi un suo amico d'infanzia, sulla strategia da tenere: la colpa doveva ricadere tutta su mio padre.

Mia madre, in questo piano ridicolo, avrebbe avuto il compito di convincere suo marito ad assumersi ogni responsabilità, mentre Santoianni si sarebbe preso cura di noi dal Lussemburgo, dove i suoi capitali riposavano protetti e intonsi, per poi rientrare in Italia una volta che la sua posizione si fosse ripulita del tutto, macchiandosi definitivamente quella di nostro padre. La loro argomentazione era che non aveva senso che entrambi gli accusati restassero in carcere privando così due famiglie del loro sostegno, che se mio padre si fosse sacrificato, Santoianni avrebbe provveduto a noi come fossimo stati i suoi stessi figli. Chissà se sognava di occuparsi soprattutto di mia madre, se nei mesi precedenti l'indagine, ideando questa soluzione idiota, un po' aveva sperato di venire coinvolto in Tangentopoli per avere una chance di togliersi di mezzo mio padre e provarci con lei.

Santoianni però non era l'Innominato. Non solo mia madre aveva capito in tempo questo tentativo maldestro di raggirare il marito, ma in lei si era ravvivato il suo amore per lui, l'istinto di proteggere quell'uomo che non aveva mai considerato bisognoso del suo aiuto.

Quella sera mia madre era a Napoli, ospite di suo fratello minore che l'aveva aiutata a trovare un nuovo avvocato, Edoardo era andato a dormire. Io ero seduta sulla poltrona, nel silenzio di quell'attesa che le cose accadessero, che si sarebbe rivelata di gran lunga preferibile all'arrivo del futuro. Immobile, osservavo gli oggetti di cui il soggiorno era zeppo. Per lo più oggetti d'arte o di artigianato che erano stati regalati a mio padre o che lui aveva acquistato, preso dalla sua passione per questo o quell'artista nascente.

Mi domandavo, sempre nell'ipotetico scenario di un'apocalissi o di uno sbarco alieno, se avrei mai potuto imparare a intagliare anche una figura semplice, se sarei stata in grado di modellare con un coltellino un nodo di legno fino a far comparire un volto, un naso, anche brutto come quello della serie di mostriciattoli che sogghignavano in fila sul mobile accanto a me.

Sentii Tommaso avvicinarsi, ma non mi mossi, fino a che lui non si appoggiò allo schienale della poltrona. Mi accarezzò il collo, le spalle, gli presi la mano e me la portai alla bocca per baciarla. Infilò l'altra sotto il mio maglione Linea Cinque morbido e scollato, sotto la canottiera con la rifinitura di pizzo San Gallo, nel reggiseno col ferretto Chantelle, l'unica marca che mia madre considerasse adeguata a sostenere il suo seno e il mio.

Al liceo le mie tette erano oggetto di ammirazione e commenti, manifestazione di interesse e voglia, battute e sorrisi. Tommaso, che mi conosceva da prima che i miei seni emergessero dal torace e si assestassero tondi e sodi, alla loro comparsa aveva cominciato a guardarli prima con simpatia, come se io fossi non solo la sorella del suo migliore amico ma anche la sua. Poi, con turbamento.

In quelle settimane di convivenza con me e Edoardo, aveva iniziato a dedicarmi un tandem di sguardi, prima fisso negli occhi e poi, con una spavalderia affettuosa, sul seno. Io forse tiravo anche il petto un po' in fuori mentre i suoi occhi trascorrevano dai miei al collo e poi lì.

Mentre cingeva col palmo il mio seno destro, vidi nella mia mente l'immagine della sua mano, che conoscevo così bene, affusolata ma maschile, poi sentii. Che mi stringeva il capezzolo tra pollice e indice, che mi prendeva l'altro seno con l'altra mano, che mi bagnavo. Mi infilai una mano nel pantalone della tuta Adidas che avevo ottenuto da Mariella in cambio di un maglione Penny Black di cui avevo tre esemplari identici ma di colore diverso. Allora lui fece un verso e girò la poltrona.

Mi ritrovai con la faccia all'altezza del suo cazzo, teso sotto il cotone dei pantaloni della tuta che usava come pigiama quando si fermava a casa nostra. Glieli abbassai e il suo uccello uscì veloce, liberato. Iniziai a masturbarlo e poi a succhiarglielo, mentre lui, tolte le mani dal mio reggiseno, le teneva ora appoggiate sulla poltrona.

«Io ti voglio scopare» disse mentre veniva.

Mi staccai, mi sentivo le labbra più carnose e il naso più piccolo e tutta la pelle del volto più bella, come se il suo cazzo, al pari di una bacchetta magica, toccandomi il viso mi avesse fatto un incantesimo di fascino. Lui mi accarezzò e mi diede un bacio prima sulla guancia, poi a stampo sulla bocca.

«Ci vediamo domani.»

Annuii e rigirai la mia poltrona. Alla luce della abat-jour di Murano che era rimasta accesa a illuminare quell'evento non guardai più gli oggetti, sognando di saper essere falegname o almeno intarsiatrice amatoriale. Pensai che non dovevo sentirmi in colpa perché io con quel ragazzo volevo starci per tutta la vita, che Tommaso piaceva anche a mio padre, ma soprattutto che Edoardo non doveva saperlo.

Non ne avevamo mai parlato. Non c'era stato un pomeriggio, una merenda, dopo aver guardato insieme la televisione, in cui mio fratello mi avesse confidato che gli piacevano i maschi. E non perché non ce ne fosse bisogno o perché il nostro legame così primordiale rendesse superflua quella confessione. Non lo aveva fatto perché nessuno dei Montella doveva saperlo.

Nella sua cultura umanistica così vasta, che gli permetteva di citare brani di Orazio e di Dante a memoria, o di ricordare gli anni delle promulgazioni delle leggi della Repubblica e delle conquiste dell'impero romano, di conoscere i nomi dei fiumi delle più remote regioni della Cina, nel suo essere così naturalmente elegante e *à la page*, mio padre non avrebbe mai potuto concepire di avere un figlio omosessuale. Mai aveva pronunciato battute o insulti nei confronti dei gay, neanche commenti di qualsivoglia genere quando capitava che si parlasse di un tale amico o parente che lo era dichiaratamente o per supposizione. Solo di fronte a una difficoltà psicologica profonda, a un giovane che non riusciva a trovare la sua strada, che abbandonava l'università o tentava il suicidio, la prima e unica ipotesi che mio padre formulasse per spiegare quella inadeguatezza era l'omosessualità.

Mia madre, che non era una Montella, e le cui opinioni perciò avevano una qualità genetica per noi inferiore, era stata allevata da un padre militare e di destra, morto prima del loro matrimonio, adorabile nei racconti che ne ricevevamo: pare avesse un senso del dovere indefesso e un rifiuto pneumatico nei confronti della benché minima deviazione dalla norma. Nella famiglia di mia madre non solo non erano concepibili forme di debolezza quali indugiare un po' nel letto la mattina o sedersi a tavola con le trecce sciolte: per la tribù dei Veglio chi non era bello, chi non aveva successo o non aveva figli, chi non faceva l'amore secondo natura veniva contemplato solo per compassione o per ridere alle sue spalle, ma non poteva stare al loro cospetto.

Mentre mio padre giudicava dall'educazione, dal modo di fare e di parlare chi potesse essere ammesso a casa nostra, per mia madre il primo fondamentale criterio era l'aspetto. Nessuno che avesse un naso troppo pronunciato, magari combinato all'acne, una forma eccessiva di magrezza o di grassezza, una scarsa igiene avrebbe potuto varcare la soglia, se non per fare dei lavori di manutenzione. Lei si riferiva all'omosessualità come a una malattia, e il suo modo di parlarne non differiva molto da quello che avevamo imparato a scuola come ideologia nazista.

Se Edoardo lo avesse detto a me, che pure non avevo

nessuna forma di pregiudizio, anzi già allora nei comizi al liceo la libertà di orientamento sessuale era uno dei miei cavalli di battaglia, la sua omosessualità sarebbe diventata reale e così l'inadeguatezza al suo stesso sangue. L'esclusività del rapporto che aveva con Tommaso, l'unico suo amico, il fatto che nei confronti di tutti gli altri maschi della sua classe avesse un atteggiamento di costante dileggio, mostrando sempre una supremazia violenta e fragile, potevano costituire delle prove. La sua capacità di intessere relazioni di vera confidenza solo con le ragazze, con cui aveva legami strettissimi – Carola, Anna, Laura prima dell'arresto di mio padre venivano a casa e trascorrevano con lui pomeriggi interi in camera sua a raccontarsi e ridacchiare –, poteva essere considerata un indizio.

Quando, gelosa, gli domandavo che cosa avessero fatto lui e la sua compagna di classe di turno tutto il pomeriggio in stanza e mi rispondeva «Abbiamo parlato», mio padre si ringalluzziva, pensava che si trattasse di una bugia per nascondere ben altro. Poi subito gli ricordava che non apprezzava, però, che quelle ragazze si fermassero troppo a lungo e che non era rispettoso nei confronti dei loro genitori che lui avallasse quei comportamenti in casa sua.

Non lo rimproverava mai, invece, per la sua incapacità nelle amicizie maschili, in cui Edoardo dava sempre prova di aggressività e di essere inaffidabile. «Gli ho detto che è un coglione e che io sono molto più intelligente di lui»: questo era il mantra con cui mio fratello concludeva tutti i brevi tentativi di costruire un'amicizia con un suo compagno di classe o di tennis. Per Arturo Montella, però, che pure considerava gli amici del liceo e dell'università una benedizione nella sua vita, che il suo unico figlio maschio non sapesse garantirseli era un fatto di poco conto o, più probabilmente, un'evidenza da rimuovere.

La presenza di Tommaso lo consolava, era lui l'amico di Edoardo, talmente adeguato e ben scelto che non solo poteva sedere alla nostra tavola come se fosse un famigliare, ma addirittura essere perdonato anche se aveva iniziato a guardare la sua unica figlia come possono fare i diciannovenni: con voglia cieca. Invece mio fratello non vedeva che il suo amore si incantava, mentre mangiavamo, a guardarmi la bocca, o il culo se mi alzavo a riempire la brocca dell'acqua. Non notava i sorrisi che ci scambiavamo mentre nostro padre impartiva a tutti noi una lezione di storia greca. Edoardo ascoltava estasiato e io e Tommaso ci sfioravamo, sembrava per sbaglio, i piedi, le ginocchia, le caviglie sotto il tavolo.

L'omosessualità di Edoardo era rimasta invisibile a tutti noi. Del resto poter ignorare è un tale privilegio. Io lo persi con quel pompino, perché insieme all'amore e al desiderio potente che sentii per Tommaso e per tutto il suo corpo, alla voglia di tenerlo sempre dentro, non potei più fare finta di non sapere che mio fratello lo amava come me, come una promessa sposa. Non lo dissi a nessuno, però, e non solo per rispetto del suo segreto, ma perché se avessi confessato di sapere che mio fratello desiderava lo stesso ragazzo che volevo io, avrei dovuto ammettere a me stessa che stare con Tommaso era un tradimento. Invece doveva essere il mio sogno d'amore realizzato, il pensiero felice che fa volare Peter Pan e che teneva me sospesa in aria, mentre la mia famiglia precipitava.

In quei giorni in cui mia madre era fuori Torino, avevo io il compito di svegliarli e di preparare il tè, semplicemente perché ero l'unica femmina. Per Edoardo urlavo il suo nome fuori dalla porta della camera, invece con Tommaso, che stava in una delle stanze degli ospiti accanto allo studio di mio padre, bussavo forte.

Quella mattina bussai più piano e più a lungo, e mi fermai anche per provare a carpire un qualche rumore.

«Avanti» disse la sua voce al di là della porta.

Mi guardai intorno e alle spalle, ma Edoardo dormiva ancora, perché con tutte le canne di hashish che si fumava la sera difficilmente si sarebbe svegliato di sua spontanea volontà senza le mie urla protratte.

Entrai nella stanza di Tommaso e chiusi la porta. Indossavo una camicia da notte La Perla in crêpe di cotone che mi arrivava sopra il ginocchio, con lo scollo a V e dei bottoni finti, lì solo per vezzo. Non avevo il reggiseno e sotto la canottiera i miei seni erano morbidi e prepotenti, coi capezzoli in vista. Lui scostò le coperte, mentre avanzavo verso il suo letto. Aveva il cazzo dritto nei boxer.

«Stavolta dammi un bacio prima» mi disse, mentre io seduta accanto a lui mi accingevo di nuovo a masturbarlo.

Ero vergine, anche se non avere ancora avuto un rapporto sessuale era un dato incoerente con il mio personaggio di ragazza di mondo, di leader politica del liceo. Ragionavo, anche al microfono in assemblea, sull'importanza della sessualità, facendo qualche piccolo riferimento circostanziato a Freud, insistendo enfaticamente su quanto ognuno avesse diritto a esercitarla nelle più varie forme e con chi preferisse.

Carlo, con cui ogni tanto uscivo in quel periodo, me lo chiedeva spesso. Mi telefonava per convincermi, con il suo talento innato di futuro avvocato di grido, che scopare con lui era la scelta giusta, non solo perché sarebbe stato salutare, quindi ne avrei tratto beneficio immediato, ma perché noi eravamo anime gemelle, e se avessimo iniziato avremmo fatto l'amore per sempre. Stavo ad ascoltarlo perché per me lui era il ragazzo più intelligente del mondo, un elemento fondamentale del nostro collettivo studentesco, e non riuscivo a prendere del tutto le distanze dalla sua mente, con cui quasi mi convinceva. Non mi piaceva il suo alito, però, e quella volta in cui mi ero eccitata quando mi aveva portato al mare poi non era andata bene. Avevo avuto una voglia chiara di lui, ma quando in macchina aveva tirato fuori il cazzo mentre ci baciavamo io avevo provato della repulsione, quindi gli avevo detto che col sesso avremmo rovinato la nostra amicizia. Lui aveva capito che non mi piaceva e si era messo a ridere come accadeva sempre quando qualcosa lo feriva.

Davide, invece, non faceva piani per il futuro, insisteva sull'esistenza fra noi della famosa chimica e su quanto fosse significativo che ogni volta che io mi avvicinavo gli si drizzava. A me piaceva baciarlo, ci fondevamo abbracciandoci. Era l'elemento più punk del nostro collettivo. Amavo il suo odore, che rimaneva buono a dispetto delle sue abitudini nomadi per cui spesso si accampava da amici dormendo fuori casa anche per settimane. Profumava nonostante il suo tentativo di non perdere con troppi shampoo neanche un grammo della somiglianza, che in effetti aveva, con Kurt Cobain. Era il più bravo a organizzare le feste dopo le riunioni, a preparare cene gustose con il cibo scarso che recuperavamo rubando alla Standa. Era il miglior compagno di giochi del mondo, ma non il mio amore.

Non avevo pregiudizi morali rispetto alla mia verginità, ma sentimentali. Avrei fatto sesso per la prima volta con un ragazzo per cui avessi sentito insieme la voglia e l'amore, l'inevitabile. Allora non avevo nessun dubbio che quando questo incontro si fosse verificato, per una predestinazione, una decisione del cosmo, io e quel ragazzo saremmo rimasti insieme per tutta la vita, e non c'era idea politica che riuscisse a scalfire il mio romanticismo, la fede assoluta nel fatto che, una volta sopraggiunto, l'Amore non mi avrebbe lasciata. Aspettavo solo che arrivasse e con lui la prima scopata.

Per Tommaso da tempo avevo il sentimento, ma fino a quelle settimane di convivenza, quando anche io, lui e Edoardo ci comportavamo un po' come se fossimo in carcere trascorrendo la maggior parte del tempo insieme a casa, non mi ero resa conto che avrei avuto anche quella voglia che prendeva le decisioni al posto mio.

Quella mattina dovevo stare attenta che mio fratello non ci scoprisse, dovevo prepararmi per andare a scuola, dovevo compiere il mio dovere perché farlo era l'unico modo per mantenere la speranza. Solo se avessi continuato a vivere come si doveva, arrivando in orario a lezione, studiando, avrei potuto continuare a illudermi che fosse tutto quasi come prima. Se mi fossi fermata a guardarmi intorno, in quel vuoto di senso che l'arresto di mio padre aveva causato, sarei diventata grande e triste in un momento.

Sapevo tutto ciò senza averlo pensato. La voglia di toccarlo mi ottundeva la mente, appesantendomi le palpebre sugli occhi che lo guardavano per sedurlo.

Lo baciai, per la prima volta sentivo la sua lingua, il sapore della saliva, ci leccammo le labbra, i denti, lui i miei capezzoli, mentre io lo masturbavo con decisione e ritmo. Venne presto, sulla sua pancia, e scoppiò a ridere.

Restai ferma, un po' impaurita.

«Rido perché mi hai fatto godere tanto.»

«Dobbiamo andare a scuola» gli risposi rasserenata.

Evitai di fare colazione con lui e mio fratello. Mi masturbai passandomi la cornetta della doccia sulla clitoride, con il getto acceso e l'acqua calda che mi abbracciava le cosce.

3

Mentre mio padre era in carcere smisi di frequentare il collettivo.

C'era chi da sempre cercava di attaccarmi per il suo ruolo politico.

«Quindi, visto che mio padre è democristiano, io non posso avere delle idee diverse? Sono condannata a essere democristiana? La colpa dei padri ricadrà sui figli... Ma come ragioni? Forse tuo padre è un perfetto ateo comunista, ma tu mi sembri intriso di cattolicesimo fino al midollo: parli come l'Antico Testamento!»

Gli altri ridevano mentre io ribattevo così le poche volte che le accuse mi venivano dette in faccia.

Di solito capitava che fra gli ultimi entrati nel collettivo almeno una o due persone criticassero il fatto che la figlia di Arturo Montella, segretario locale della Dc, fosse rappresentante di istituto e della consulta giovanile. Si lamentavano che prendessi sempre la parola per prima nelle riunioni e avessi sempre voce nelle assemblee con i collettivi degli altri licei. Spesso facevo finta di niente e a mettere fine alla discussione non ero io ma gli altri compagni: «È la più brava, se impari a parlare come lei, ci vai tu al posto suo».

Qualche settimana dopo l'arresto di mio padre ero andata a una riunione. Non esserci mi sarebbe sembrata un'ammissione di colpa: ma io esattamente che cosa avevo fatto di sbagliato? L'idea poi che speculassero sulla mia assenza dandomi della codarda era insostenibile. Quando entrai nell'aula già quasi piena mi tremavano tutti i muscoli del corpo come se avessi una malattia nervosa, ma gli altri se ne sarebbero accorti solo osservando da vicino la sigaretta tra le mie dita. Mariella mi corse incontro e mi abbracciò, Davide si avvicinò quando mi ero già seduta, per massaggiarmi le spalle. Lo faceva sempre, era il suo modo per fare le coccole. Carlo prese addirittura la parola all'inizio della riunione per sottolineare il coraggio che dimostravo a essere lì. Dopo la lettura dell'ordine del giorno toccava a me, dovevo aggiornare il collettivo su quanto deliberato dalla consulta giovanile in merito alla prossima manifestazione nazionale. Ma quando feci per parlare, alla mia voce si sovrappose un coro: «Di Pietro, Di Pietro, Di Pietro...».

Fui zittita.

Carlo cercò di interromperli, iniziando a ripetere: «Basta, basta, basta!».

«W Marx, W Lenin» mi misi a scandire io, «W Mao Tse-Tung, Rosa Rosa Rosa Luxemburg!» Era uno slogan che di solito mi lasciava interdetta perché non ero ignara della problematicità della linea cinese e avevo ribrezzo della loro rivoluzione culturale, però mi venne spontaneo reagire così a quelli che, invece di attaccarmi accusandomi di non essere più la persona adatta a rappresentare il nostro liceo nella lotta studentesca, si erano messi a inneggiare a un individuo che non si sapeva da dove arrivasse e che non poteva che fare la fine che poi avrebbe fatto. Altri si unirono al mio coro, che in breve tempo sovrastò quello per Di Pietro.

Solo allora me ne andai, quasi di corsa, temendo che, se avessi atteso anche solo un altro minuto, se mi fossi fermata ad aspettare Mariella e Carlo che mi chiamavano, quel momento vincente che ero riuscita ancora a garantirmi sarebbe finito e sarei allora caduta sconfitta davanti a tutti, in lacrime o in preda al tremore.

Mi fermai solo quando ero ormai abbastanza lontana da scuola e mi sedetti su un muretto all'angolo con un incrocio. Mi passavano accanto persone e macchine mentre piangevo, cercando di coprirmi il più possibile il sedere tirando giù il cappotto, perché la pietra era gelata e io mi sentivo morire di freddo. Poi, quando realizzai che una parte di me era felice della loro evidente disfatta, della loro mancanza di stoffa, smisi. Se io fossi stata al loro posto avrei detto alla figlia del democristiano in carcere cose irreparabili sulla morte di Moro, sul clientelismo di stampo mafioso dimostrato dall'uccisione di Salvo Lima. Invece quelli che avevano inneggiato a Di Pietro erano i figli di coloro che un mese più tardi avrebbero lanciato le monetine a Craxi dopo averlo votato per anni. Pensarli irrimediabilmente idioti mi permise di smettere di autocommiserarmi.

Anche se era in carcere, anche se fosse stato colpevole di ogni singolo capo di imputazione, era stato mio padre a insegnarmi come non cedere mai in una discussione, mi aveva allenata lui nelle nostre innumerevoli tirate sulla politica, in cui ci scagliavamo l'uno contro l'altra come due estranei, a non mostrare mai di aver subito il contraccolpo, di aver sentito il male che fanno le parole. E poi mio padre aveva di certo aiutato i genitori o gli zii di qualcuno di quei miei compagni di collettivo a trovare lavoro e l'ingratitudine inconsapevole e cieca, quel pomeriggio, mi aiutò a provare rabbia, invece del dolore per la perdita di una parte della mia vita, per la fine della mia promettente carriera politica. Mi asciugai il viso e rientrai a casa.

Mia madre era tornata da Napoli con la delega di un avvocato nuovo di pacca, un principe del foro che era stato compagno di università di suo fratello e che le aveva garantito che nel giro di poche settimane papà sarebbe rientrato a casa.

«Hai fatto l'amore?» mi chiese quando feci per salutarla.

«No» risposi io stupita.

«Sembri cresciuta.»

Non fece altre domande, non aveva tempo. Non poteva occuparsi anche di quell'anomalia, del fatto che sua figlia adolescente si fosse innamorata proprio nel momento in cui il padre era in carcere, né del rischio che approfittasse di quell'assenza per perdere la verginità nella loro stessa casa.

Io non avevo avuto il coraggio di dirle che la mia vita era completamente cambiata e che non ero più una delle ragazze più fiche del liceo. Da quando mio padre era stato arrestato, lei era diventata una presenza quasi sovrannaturale. Una notte, non so neanche da quanti giorni non la vedessi, era comparsa in camera mia mentre dormivo. Me l'ero ritrovata seduta sul letto, con ancora indosso il cappotto, mentre mi accarezzava la testa: «Non ci sono mai perché devo far uscire tuo padre, se non me ne occupo io non se ne occupa nessuno, e lui non può più stare in carcere». Io avevo detto solo un sì, lento, assonnato. «Tu devi stare attenta a te stessa e anche a tuo fratello. Fra poco tornerà tutto come prima» aveva aggiunto. Poi mi ero riaddormentata.

Allora era quasi al termine dell'ultima missione che

avrebbe compiuto nella sua vita: dopo avere obbedito a suo padre negli anni dell'adolescenza, quando lui non le permetteva di uscire se non accompagnata dal fratello maggiore e comunque solo dopo aver vagliato ogni volta i suoi abiti e la sua acconciatura, dopo essere sopravvissuta a una giovinezza repressiva mentre tutta la sua generazione godeva della liberazione sessuale, dopo aver duellato ogni giorno contro il ruolo di moglie di Arturo Montella e madre dei suoi figli, ora stava per riuscire nell'impresa più ardua: farlo scarcerare. E salvargli la vita.

Non avevamo avuto la possibilità di vedere nostro padre in quei mesi, lui non lo aveva neanche preso in considerazione. Era entrato in carcere pensando che sarebbe uscito in pochi giorni, che avrebbe potuto continuare a fare affidamento su quel tocco fortunato che lo contraddistingueva, su quel sorriso del destino che, insieme ovviamente alle sue indubbie qualità, lo aveva reso l'uomo che era: Tangentopoli si sarebbe rivelata, almeno per lui, una farsa. Forse era convinto di questo. Nostra madre del resto ci diceva, almeno nelle prime settimane, che era sereno, ma mentiva? O lui fingeva?

Di certo col passare del tempo, con il tradimento di Santoianni, con la formulazione di nuovi capi d'accusa, anche l'ottimismo indefesso che contribuiva ad alimentare la buona sorte di Arturo Montella iniziò a vacillare.

Rifiutava l'ipotesi degli psicofarmaci – questo lo sapevo perché avevo sentito mia madre parlarne con suo fratello – quasi con rabbia. Secondo lei, invece, assumerli avrebbe avuto effetti collaterali ben minori rispetto a restare in balìa di un futuro e di un presente che potevano diventare sempre più pesanti. Capii che mia madre temeva seriamente il suo suicidio.

E anche io. Non che attribuissi a mio padre l'attitudine

a compiere quel gesto, prima di tutto perché non ritenevo possibile che ci infliggesse quella ulteriore pena e poi perché fino alla sera prima che lo prelevassero, quindi per tutto il tempo in cui lo avevo conosciuto fino al giorno del suo arresto, Arturo Montella era stato un uomo indubbiamente vitale. Mai una nuvola di malumore, di ottenebramento. Si arrabbiava, tanto, ma solo per delle ragioni precise, di una rabbia circoscritta, e davanti a me aveva pianto solo per la morte di persone amate.

Non si rabbuiava per temperamento, neanche concepiva l'esistenza della tristezza come stato d'animo a sé stante, o della malinconia. Per lui si trattava di debolezze dell'anima giustificabili solo perché le persone di norma sono di carattere mediocre, e lui questo lo capiva senza giudicare. Eccezion fatta per chi fosse un Montella, ovviamente. Noi non avevamo nessuna attenuante, per questo non era ammissibile, almeno nei momenti in cui eravamo con lui, mostrare una qualche forma di abbattimento. O eravamo in grado di esporre chiaramente quale fosse il problema o il problema non esisteva, e quindi dovevano scomparire anche espressioni tristi e musi lunghi.

Solo che in quel periodo, uomini che con buona probabilità avevano una visione simile alla sua, persone della sua stessa generazione, nate nel secondo dopoguerra, svezzate mentre il nostro Paese veniva nutrito e rimesso in piedi dal piano Marshall, in carcere si uccidevano. Per vergogna, certo, ma anche per lo sgomento di essere giudicate colpevoli del funzionamento di un sistema che aveva arricchito tutti, anche se loro di più. Non era stato un democristiano a decidere che i ricchi dovessero pagare più tasse e gli altri progressivamente meno, a seconda del reddito? Sì, si chiamava Ezio Vanoni, e io lo sapevo perché mio padre lo citava spesso e io gli rispondevo che non a caso era morto di infarto pochi mesi dopo essere diventato ministro delle Finanze, e aggiungevo che era stato Andreotti a farglielo venire.

Non era durante la lunghissima stagione politica in cui la Dc aveva detenuto il potere che erano state inventate le baby pensioni che permettevano a tutti, non solo ai democristiani, di ricevere uno stipendio mensile dall'INPS e di dedicarsi ad attività private, ai guadagni in nero o anche semplicemente all'ozio?

Allora forse si uccidevano anche per rabbia, perché quello era rimasto l'ultimo atto di ribellione che potessero compiere, loro che la ribellione l'avevano fatta eccome, nel '68, e poi se ne erano per lo più dimenticati.

Oppure si uccidevano perché costretti ad ammazzarsi come Seneca, che mio padre citava spesso, perché il potere, perché il popolo, come un Nerone, non gli lasciava alternativa. Avevo paura che, non avendo nessuno con cui parlare di Seneca, Arturo Montella decidesse di contravvenire a una delle regole fondamentali del filosofo romano: fate quello che dico, non fate quello che faccio. Temevo che, in quei mesi in cui io non avevo potuto vederlo, mio padre fosse diventato un altro, capace di tradire il suo filosofo preferito e di sentirsi disperato, attuando quella che per me, quando pensavo agli altri imputati di Mani pulite che si erano uccisi, era indubbiamente una scelta onorevole.

Credevo, infatti, che in quella confusione inestricabile di giustizia e ingiustizia che dominava nel mio Paese, nella mia vita, in casa mia, la scelta della morte da parte di chi aveva solo seguito le regole del gioco e per questo era stato incarcerato fosse non solo comprensibile, ma giusta.

«Ma che cazzo dici? Papà è innocente! Cosa vorresti,

che lo facesse per espiare le colpe del suo partito? O magari pensi che sarebbe ancora meglio se fosse un tribunale del proletariato a giudicarlo e condannarlo a morte?»

«Non ho affatto detto questo, è anche mio padre.»

«Già, però sembra che preferiresti che morisse anziché venire scarcerato. Del resto quante volte gli hai detto che il suo sistema di potere era marcio?»

«Gli dicevo che la loro sudditanza agli Stati Uniti mi faceva schifo. E glielo ripeterei anche adesso se fosse qui, ma non osare associarmi a tutta quella gente che ora grida "Vergogna" e fino a qualche mese fa ci riempiva la casa di regali per avere dei favori! Non fare lo stronzo!»

«Non fare la stronza tu, con le tue riflessioni pseudofilosofiche. Io sono sicuro che papà è innocente e voglio che torni a casa per dimostrarlo a tutti.»

Edoardo finì la sua frase piangendo e io, che non piangevo mai durante una discussione, mi misi per terra accanto a lui, seduto in poltrona, e gli abbracciai le ginocchia. In quel momento capii il senso di quell'espressione che avevo trovato in mille versioni di greco: nonostante le evidenze grammaticali non mi ero mai capacitata di come qualcuno potesse "abbracciare delle ginocchia". Lo feci perché volevo che smettesse di piangere, perché lo amavo tanto e anche perché da qualche giorno non volevo guardarlo negli occhi.

Restammo così un po', lui che lacrimava immobile, io ai suoi piedi e Tommaso di fronte a noi, calmo.

«Rosa ha preparato le scaloppine al vino bianco, come le fa lei, con la crema di farina. Vado a scaldarle e poi ceniamo» ci disse.

Edoardo si riebbe, pensai che se glielo avessi detto io non avrei sortito lo stesso effetto e che il legame che si andava creando tra me e Tommaso stava intaccando quello con mio fratello, cellula dopo cellula, sfaldandolo come pelle secca.

Sembrava che lo sapesse, anche se non era possibile, mi ripetevo che era una mia paranoia, dovuta al fatto che non lo avevo mai ferito, era la prima volta. Non avevo saputo rinunciare, per lui, a scopare con il mio amore, a dare la mia verginità a Tommaso, anche se poi il mio imene se l'era preso il bidet, dove lo avevo visto scivolare quando ero andata in bagno a lavarmi.

Qualche sera prima mi si era avvicinato mentre lavavo i piatti, prendendo un bicchiere dalla credenza e restandomi accanto per riempirlo di acqua fresca. «Posso venire in camera tua dopo?»

«Sì.» Mi ero sentita arrossire e l'avevo visto sorridermi.

Avevo cercato di guardare un film in videocassetta, *Le iene*, ma non ci ero riuscita. Pensavo che una storia così violenta mi avrebbe distolto dall'agitazione che provavo e dai sensi di colpa nei confronti di mio fratello che giravano a vuoto nella mia testa. C'erano momenti in cui mi autoassolvevo perché lui non mi aveva mai confidato nulla e quindi, se lo avesse scoperto, non avrebbe potuto arrabbiarsi, e altre volte in cui mi sentivo la sorella peggiore del mondo, anche solo perché ero capace di immaginare queste strategie nei confronti della persona più cara che avevo. La carica emotiva suscitata dal film di Tarantino, però, era entrata in risonanza con la mia, senza sostituirla, quindi avevo resistito solo qualche minuto prima di spegnere il televisore. Avevo deciso che fare una doccia calda era l'unica possibilità per provare a calmarmi.

Nello specchio tondo con la cornice di legno rosso del mio bagno, in cui passavo molto tempo a osservarmi, mi ero ritrovata la pelle arrossata, sul petto e sulla pancia, perché avevo indugiato, come al solito, sotto l'acqua troppo calda. Mi ero chiesta se sarebbe tornata normale in tempo, per quando lui mi avrebbe vista nuda. Mi ero guardata chiedendomi se poi avrei avuto una faccia diversa e se ci fosse un modo di memorizzare la mia espressione in quell'istante, per ricordare la me ragazzina e confrontarmi poi con la persona che sarei diventata da lì a qualche ora perdendo la verginità. Invece più tardi, quella sera, rivedendomi nello stesso specchio, avevo notato solo che le chiazze rosse causate dall'acqua bollente si erano spostate alle guance, mentre l'espressione del mio viso era la stessa che avevo da qualche mese: profondamente triste, con tracce di meraviglia.

Avevo atteso a lungo, perché lui a sua volta era arrivato solo dopo essersi sincerato che Edoardo dormisse. Aveva bussato piano e io avevo risposto piano: «Avanti». Lo aspettavo nel letto in canottiera e mutande, con anche il reggiseno. Appena entrato, si era tolto i pantaloni della tuta, rimanendo in boxer e maglietta. Era bellissimo. Lo avevo guardato negli occhi e poi, senza poterlo evitare, avevo guardato il suo uccello che disegnava una sporgenza perfetta. Avevo scostato un po' la coperta e lui si era sdraiato.

«Hai un buon odore...» mi aveva detto, iniziando a baciarmi la faccia, tenendomi una mano stretta sulla vita e appiccicandomi a sé mentre premeva con l'altra al centro della mia schiena.

Dopo le guance aveva cercato la mia bocca. Mentre ci baciavamo, avevo incrociato le gambe con le sue, così che sentendo il suo cazzo contro le mie mutandine, avevo cominciato a eccitarmi. Avevo paura, però, che mi facesse male o che la mia farfallina – la chiamavo ancora così tra me e me – avesse qualcosa di sbagliato. Per distrarmi e continuare a volerlo, lo annusavo, mentre lui mi teneva stretto un seno e leccava l'areola grande del mio capezzolo. Io affondavo il naso nei suoi capelli, che non erano mai del tutto puliti. Riconoscevo quell'odore perché a volte, negli ultimi tempi, trovando il suo cappellino di cotone con sopra la faccia di Snoopy sulla poltrona all'ingresso dove lasciava le sue cose quando rientrava, di nascosto lo avevo annusato profondamente. Mi eccitava e mi faceva sentire meno sola. Il suo odore era qualcosa in cui sperare, che mi entrava nel corpo sotto forma di vitalità. Riconoscerlo mi rassicurava anche: Tommaso era il mio futuro. Non c'era bisogno che mi interrogassi su altro. Il resto sarebbe accaduto, rimanendo in secondo piano.

Era entrato nei miei slip di lato, con il dito medio, aveva sfiorato la clitoride, che aveva reagito producendo rugiada, un liquido impalpabile e setoso che gli aveva dato grande soddisfazione. Poi aveva fatto un grugnito, quel rumore animalesco che attraversa il corpo degli uomini, dal cazzo al cervello, è una delle ragioni per cui li preferisco, per cui credo di essere eterosessuale.

Si era tolto i boxer, io mi ero sfilata le mutandine, avevo divaricato le gambe automaticamente e lui era entrato. Piano, ma subito a fondo. Avevo sentito male. Mi aveva preso la testa fra le mani e, baciandomi la bocca, leccandomi le labbra, aveva continuato a scoparmi, stando sopra di me, cercando di calibrare un ritmo che fosse gentile con la sua voglia, a cui sembrava cercasse di opporsi come si fa con un fratellino simpatico ma prepotente.

«Vengo» aveva detto uscendo, facendo in tempo a mettersi supino e a schizzarsi sulla pancia, accanto a me.

Ero rimasta immobile, a respirare. Mi aveva toccato i capelli e aveva acceso l'abat-jour. Ci eravamo guardati e io avevo intravisto il suo incisivo, a cui mancava un angolo a sinistra. Quella scheggia assente che rendeva il suo sorriso perfetto. Erano belle le sue labbra e il suo naso, le sopracciglia regolari, ma io guardavo solo il suo dente leggermente interrotto. Poi avevo controllato se ci fosse il sangue e insieme avevamo osservato un'unica macchia, poco più grande di cinquanta lire, color amaranto.

«Sei perfetta» aveva commentato.

4

Lo aspettai sul pianerottolo, ero sicura che sarebbe stato un momento di invincibile commozione, una scena emozionante e piena di affetto: mio padre invece mi sfiorò appena con il suo abbraccio, mi superò ed entrò in casa. Mia madre lo seguì in cucina dove lui si era seduto al suo posto, a capo tavola, senza togliere l'impermeabile. Anche Edoardo e io li raggiungemmo.

All'immobilità di mio padre si contrapponeva l'irrequietezza di mia madre, che non riusciva a stare ferma. Anche lei però non si era tolta la giacca.

«Guarda, hai ricevuto tantissime dimostrazioni di affetto, testimonianze di stima, e i tuoi amici mi hanno scritto e telefonato per offrirmi aiuto.» Gli porse una busta da lettera. Lui la aprì, velocemente la rimise sul tavolo e iniziò a piangere. Si nascose gli occhi con la mano come se ci fosse troppo sole e prese a singhiozzare. Restai immobile accanto alla lavastoviglie a osservare il mio inedito padre, arrivato nuovo di pacca dal carcere: un uomo curvo, con la testa leggermente incassata nelle spalle.

Mia madre gli si avvicinò: «Basta, Arturo, sei a casa ora, ci sono i tuoi figli qui». Glielo disse senza stizza, ma la frase risultò comunque stonata: mio padre non aveva mai avuto la benché minima somiglianza con un uomo da scuotere, da invitare alla lucidità.

Lui smise di piangere, ma non spostò la mano dagli occhi: Edoardo gli stava di fronte, appoggiato allo stipite della porta, lo sguardo per terra, gli occhi pieni di lacrime. Quando mio padre andò finalmente in camera sua a spogliarsi, io presi la lettera che aveva appena letto:

Mio carissimo Arturo,

so che Marina è stata bravissima e che se stai leggendo questa lettera è perché sei finalmente tornato a casa. Voglio che tu sappia che io sono qui per te e per la tua famiglia, per qualsiasi cosa di cui possiate avere bisogno. Il tuo amico per sempre,

Francesco

Nel corso dei mesi in cui mio padre era rimasto in carcere avevamo davvero ricevuto lettere e telefonate da parte dei soci del suo studio e dei suoi amici, tra cui Francesco era uno dei migliori.

Si erano conosciuti all'età di undici anni, all'esame di ammissione per entrare in prima media, avevano frequentato lo stesso liceo, nella stessa classe, poi Francesco era partito per gli Stati Uniti per frequentare il MIT e mio padre invece era rimasto a Torino e si era iscritto a Economia e Commercio, ma la distanza non aveva intaccato la loro amicizia, che è durata oltre sessant'anni, fino a che, qualche mese fa, Francesco è morto.

Francesco Desi, Giacomo Milone e Paolo Barrera erano i ragazzacci con cui Arturo Montella aveva trascorso la sua giovinezza e insieme ai quali era diventato un adulto molto rispettabile con una carriera ineccepibile, come tutti loro del resto.

Edoardo e io li consideravamo come parte di lui: era scontato per noi che nostro padre trascorresse, quando era libero dagli impegni politici, molto più tempo con loro che con noi o mia madre. Anche quando andavamo in vacanza con le loro famiglie, papà, Francesco e gli altri comparivano quasi solo per pagare i pranzi e le cene, senza mai davvero concederci il loro tempo e la loro compagnia. Per questo, i racconti sulla loro giovinezza erano rari da carpire: sapere come fosse Arturo Montella da giovane era difficile e quando, in sporadiche occasioni, ci era concesso di restare al loro cospetto poteva succedere di scoprire dei segreti che sarebbe stato meglio ignorare.

«Ti ricordi quando Massimo Pilo ebbe paura mentre giocavamo alla roulette russa e invece di puntarsi la pistola alla testa tirò sulla vetrina dello studio di Paolo e la distrusse?»

Al posto di mio padre aveva risposto Paolo: «Certo, avevo aperto lo studio da neanche una settimana e dovetti cambiare la vetrina intera!».

«Tu giocavi alla roulette russa?» gli avevo chiesto sgomenta. Avevo tredici anni e, dopo pranzo, ero rimasta al bar della spiaggia dove loro stavano prendendo il caffè, avevo chiesto le carte per fare il solitario che mi aveva insegnato Rosa, perché dovevo aspettare la fine della digestione prima di poter fare il bagno. Mio padre aveva riso a quel ricordo folle e glorioso. Anche mentre cercava di cambiare la versione dei fatti a mio beneficio, non era riuscito a togliersi dal viso un'espressione di fierezza e goliardia, nonostante la visibile angoscia che provavo per aver rischiato che lui non diventasse mio padre, che morisse a venticinque anni per noia, per machismo, per l'illusione di essere immortale.

Quando, a quindici anni, avevo iniziato a scrivere lettere a Adriano Sofri nel carcere di Pisa, non aveva cercato di dissuadermi, ma una sera, per marcare la differenza tra la ribellione che lui stesso aveva messo in atto e il terrorismo di cui accusava Sofri senza acredine ma con fermezza, mi aveva raccontato di avere anche lui occupato l'università, di essere stato anche lui respinto dalla polizia che lanciava vernice sugli studenti alle manifestazioni. Io stavo leggendo *L'ombra di Moro* che Sofri aveva scritto per Sellerio, lui si stava preparando per uscire. A differenza dell'aneddoto sulla roulette russa, i ricordi della rivolta giovanile non sembravano renderlo fiero: li rievocava per dimostrarmi che quella storia aveva riguardato tutti, per dirmi che a fare la differenza non era essere nei cortei o boicottare gli esami dei baroni, ma la rabbia con la quale si rientrava a casa la sera. Io l'avevo ascoltato contenta di immaginarlo tutto azzurro per la vernice, macchiato di felicità dalla ribellione alla polizia, lui aveva deviato il discorso sulla differenza tra la deriva criminale di Lotta Continua e la linea dettata dalla Democrazia Cristiana, di cui faceva già saldamente parte: «Un mio carissimo amico, compagno di studi con cui frequentavo i corsi tutti i giorni, negli anni Ottanta è stato ucciso dal terrorismo rosso, gli hanno sparato sotto casa qui a Torino e ti posso garantire che era un ragazzo gentilissimo, timido, quando vide tua madre la prima volta divenne talmente rosso che pensai sarebbe svenuto...». Si era interrotto, non si era commosso, era diventato triste però, quindi aveva preso le sigarette dal suo borsello ed era uscito, lasciando a me la pena per il suo amico e la sensazione di stare dalla parte sbagliata, di essere figlia dei suoi assassini.

Negli anni la luce sulla cattiva strada di Arturo Montella si è accesa poche altre volte. L'ultima due anni fa, durante una cena, quando il suo amico Giacomo, che mi aveva invitata sapendo che ero a Milano per lavoro, mi ha parlato dei loro anni di università e ho scoperto che mio padre non era solo il giovane segretario provinciale, promessa del partito. Mi ha raccontato che a quei tempi frequentava una prostituta, che ne era innamorato, ma non si è soffermato su questo, ha subito aggiunto che spesso, la notte, lui, Paolo e mio padre la aspettavano per una partita a poker quando tornava dal lavoro e le spillavano molto facilmente i guadagni della serata. Per Giacomo era un racconto esilarante, io non ho potuto fare a meno di chiedermi se mio padre usasse con lei il preservativo. Era inquietante e coraggioso per me quel suo amore controverso. Ho provato compassione per quella ragazza che dopo una notte di fatica e magari di pericolo perdeva pure i soldi a carte perché quei tre la raggiravano. Giacomo ne rideva come aveva fatto mio padre al ricordo della paura di Massimo che non aveva voluto spararsi, per quella ferocia che fa godere delle disgrazie altrui e anche del fatto che tu sei più forte, più furbo, che non sarai mai così fesso. La stessa ferocia che faceva scompisciare mio padre e altri milioni di maschi italiani – comunisti, radicali, democristiani, socialisti e repubblicani – guardando i film su Fantozzi.

Il giorno in cui Arturo Montella fu scarcerato, però, io non sapevo ancora che anche lui era una persona come le altre. Sapevo che poteva sbagliare, dato che difendeva ciecamente George H.W. Bush solo perché era presidente degli Stati Uniti e non accusava Andreotti di aver permesso l'assassinio di Moro. Ignoravo però che potesse essere qualcosa di diverso rispetto alla sua stabilità, alla sua severità razionale, alla capacità di essere intelligente senza avere dei dubbi, debolezze morali da intellettuali, come le definiva lui, che attribuiva a me e a tutta la sinistra.

Mia madre aveva chiesto a Rosa di andare via nel primo pomeriggio e lei, prima di staccare, aveva preparato le fettine alla pizzaiola da riscaldare per la cena. «Vedrai che adesso la mamma starà di più a casa con voi e tutto si sistema» mi aveva detto mentre mondava l'aglio per fare il sugo. Non le risposi, ma la abbracciai, non troppo perché per lei non era facile lasciarsi andare a baci e "ti voglio bene", il suo linguaggio dell'affetto era il cibo: la carne alla pizzaiola a casa nostra piaceva solo a mio padre.

Era capitato, a volte, in quei mesi, che entrassi in cucina dopo un bacio scambiato con Tommaso di nascosto dietro l'arco che c'era in corridoio e incrociassi lo sguardo di Rosa. Non mi parlava, ma percepivo la sua preoccupazione. E io scappavo via anche da lei, per il timore che mi avrebbe rimproverata di essere felice e perché se lo avesse fatto lei, che non mi aveva mai sgridata e che per me era sempre nel giusto, significava che stavo sbagliando davvero, di grosso.

Mio padre non venne a tavola, restò davanti alla televisione ad ascoltare la notizia della sua scarcerazione e quella dell'ennesimo avviso di garanzia al tesoriere della Democrazia Cristiana: Citaristi. Lo chiamai per dirgli che era pronto e lui mi disse solo: «Non ho fame. Povero Severino».

Quando Edoardo seppe che mio padre stesso stava infrangendo la sua inderogabile regola della cena, tornò in camera sua portando con sé una porzione di fettine.

Era da quasi tre mesi che non cenavo seduta accanto a mia madre, lei al suo posto e io al mio. In quel periodo aveva sempre evitato con cura di sedersi a tavola: o arrivava troppo tardi o, se rientrava per cena, ci diceva che aveva bisogno di una doccia, di riposarsi, di fare delle telefonate urgenti e così si chiudeva in camera sua, lasciando a me, Edoardo e Tommaso la libertà di mangiare davanti alla televisione.

«Non mi piace la carne alla pizzaiola» le dissi.

Lei ignorò il mio commento.

«Non credo che quest'estate andremo in vacanza, Ludo. Ti sei organizzata con qualcuno dei tuoi amici?»

«No.»

«Potreste andare al mare tu, Edoardo e Tommaso dopo che loro hanno finito la maturità, magari a Ospedaletti.»

«Non lo so, mamma...»

«L'emergenza è finita, Ludo. Dobbiamo tornare alla normalità: sono mesi che state chiusi in questa casa, non è salutare e il mare vi fa bene, dovete cambiare aria.»

La villeggiatura al mare era vissuta come un dovere nella famiglia Montella: per le prime due settimane di agosto mio padre faceva prenotare dal suo agente di viaggio di fiducia, quello che si occupava dei biglietti aerei per i suoi frequenti spostamenti a Roma, un albergo rigorosamente a cinque stelle in una località sul Mediterraneo, ogni anno diversa. Spesso i suoi amici ci seguivano con le loro famiglie, ma alloggiavano in strutture più abbordabili. Francesco affittava una casa e negli ultimi anni Edoardo e io avevamo preso l'abitudine di stare da lui: eravamo molto legati a sua figlia Livia.

Alloggiare in un albergo di lusso era un desiderio di mia madre, che mio padre esaudiva anche se gli dava noia creare quel distacco con i suoi amici e amplificare la nomea di sua moglie, spendacciona e viziata. Lo faceva, forse, per farsi perdonare le assenze, i pettegolezzi sui suoi tradimenti, per dovere: solo in quelle due settimane di agosto mio padre e mia madre uscivano insieme. Durante tutto il resto dell'anno, lei si rifiutava di accompagnarlo anche agli eventi in cui era richiesta la presenza delle consorti – per dispetto, per noia, forse perché era triste –, ma nessuno di noi lo riteneva così importante.

In vacanza, da bambina, quando la sera si preparava per andare a cena, mi sedevo sul letto della sua stanza e la osservavo. Era profumata di quella pulizia che può derivare solo da una doccia dopo una giornata di mare, brillava. I capelli biondi, i fermagli, i gioielli e gli occhi di mia madre scintillavano dorati, come la crema Lancaster che si spalmava in spiaggia per abbronzarsi di più – lei la chiamava "la bomba" per quanto era efficace nel garantirle in pochi giorni un'abbronzatura bruna e omogenea. Ero orgogliosa della sua bellezza, che consideravo una fortuna personale, non solo perché prometteva anche per me un futuro di fascino. Era come la prova di un destino benevolo, un dono del tutto casuale che io potevo rimirare senza che ne scaturisse nessuna responsabilità: mia madre era bellissima, la nostra vita non avrebbe mai potuto diventare brutta.

«Ma papà quando avrà il processo?» le chiesi.

«Tuo padre ha deciso di patteggiare, non sarà una cosa lunga.»

«In che senso patteggiare?»

«Nel senso che è colpevole» disse Edoardo, in piedi con il piatto vuoto in mano. Per la prima volta aveva quell'espressione che poi si sarebbe impossessata del suo viso, i tratti determinati dalla lotta tra la rabbia e la tristezza, la faccia di un adulto deluso.

«Edoardo, è una decisione che ha preso con l'avvocato: il patteggiamento permette a tuo padre di tirarsi fuori da questa storia il prima possibile, è stato in carcere già quasi tre mesi. Vuoi che rischi di tornarci ancora e per chissà quanto tempo?»

«Se patteggia è colpevole.» Ci volse le spalle e tornò in camera sua.

«Ludo, per favore, carica la lavastoviglie, non voglio

che Rosa domattina trovi i piatti nel lavandino. Io devo andare a letto.»

Non mi ero mai sentita sola a casa mia prima di quella sera: la nostra non era una di quelle famiglie che fa le cose insieme, eravamo andati al cinema tutti e quattro solo a vedere *L'Orso* nel 1988. Niente passeggiate la domenica in città o nella natura, gite, sciate, mai; però eravamo un sistema in cui ognuno aveva un ruolo, un colore, una posizione specifica e fissa. Quella fu la prima sera del dissolvimento.

A me non importava molto che per Mani pulite mio padre fosse colpevole. Ciò che Bettino Craxi dichiarò interrogato da Di Pietro era vero: il sistema illecito di finanziamenti ai partiti era uno dei modi attraverso cui si sosteneva il pluralismo della democrazia italiana. Craxi avrebbe detto al processo Cusani che tutti quelli che dicevano di non sapere mentivano, tra questi c'erano i milioni di italiani e di italiane che alla comparsa dal nulla di Antonio Di Pietro avevano iniziato a gridare vendetta per qualcosa di cui erano stati complici per decenni. Il popolo che gridava allo scandalo si era mai chiesto dove prendessero i soldi i partiti che votava, a cui andava a chiedere lavoro e riparo? Si era mai ribellato prima a un sistema che funzionava esattamente così da decenni e sotto i suoi occhi?

Per me, mio padre non era colpevole perché aveva preso delle mazzette o aveva chiesto a qualcuno di farlo per lui, in casa non c'erano puff stipati di soldi, quindi se aveva rubato non lo aveva fatto per noi, ma per la Democrazia Cristiana. La sua macchia era stata quella di continuare a militare nella Dc che, restando salda al potere, aveva lasciato che la strage di piazza Fontana, quella di Bologna, dell'Italicus, l'assassinio di Mino Pecorelli e di Peppino

Impastato rimanessero impuniti. Era colpevole di avere ancora la tessera di un partito che aveva permesso che il suo presidente Aldo Moro, fautore di un evento epocale nella storia dell'Occidente post Seconda guerra mondiale – il compromesso fra i due blocchi –, venisse ucciso. Era colpevole di aver accettato la sudditanza alla politica degli Stati Uniti, una nazione guerrafondaia, schiavista, che non rispetta la sovranità altrui e depreda con la forza risorse e ricchezze ovunque nel mondo. Ma queste erano le sue colpe prima dell'arresto, adesso era reo di non essersi seduto a tavola con noi, di non averci abbracciato dimostrandoci che era sopravvissuto, di non averci guardato negli occhi neanche un istante per capire che cosa ci fosse accaduto di bellissimo o di orrendo durante la sua assenza.

Sistemai in cucina e chiamai Tommaso.

«Mia madre mi ha detto di dirti che sei diventata davvero bella, ti ha visto davanti al liceo oggi» mi disse quando sua mamma me lo passò.

«La mia ha suggerito di andare al mare insieme: io, te e Edoardo.»

«Ti sembra una buona idea?» mi chiese.

«Non lo so, mi piacerebbe tanto fare il bagno con te... Forse se lo proponi tu a mio fratello ci sta.»

«Vuoi fare l'amore in acqua?»

«Sì.»

Gli raccontai del comportamento di mio padre e Tommaso mi suggerì di avvicinarmi a lui, di fare il primo passo, e io eseguii. Dopo aver chiuso la telefonata, arrivai di soppiatto in salotto e, senza accendere la luce, mi accovacciai accanto alla poltrona dove stava guardando la tele. Gli poggiai una mano sul braccio e gli dissi: «Ti voglio bene, papà». Mi vergognai a farlo, come se fosse un atto impudico, poi mi sentii ridicola perché lui non aveva risposto, solo un "mmh" profondo, rassegnato. Io indietreggiai come un ninja maldestro.

L'indomani, a scuola, stavo rientrando in classe dopo l'intervallo che trascorrevamo in cortile a fumare, quando fui avvolta da uno sciame di parole poco comprensibili, un ronzio che diceva che Edoardo aveva litigato con Tommaso, si erano picchiati, che era pazzo. Non ebbi tempo per cercarlo: lui attraversò quello sciame, in senso contrario, correndo giù per le scale.

«Edo!» gli urlai fortissimo. Non si girò nemmeno.

Andai nella sua classe e vidi la sua amica Laura che piangeva. In quella stanza c'era sgomento: era accaduto qualcosa di surreale ed era successo a mio fratello.

Tornai nella mia aula per chiedere alla professoressa di filosofia di uscire, ma lei mi precedette: «Puoi andare, Montella, porti la giustificazione domani».

Nel cortile della scuola c'era Tommaso che mi aspettava. Mi abbracciò: era la prima volta che non ci nascondevamo per farlo. Mi venne naturale baciarlo, ma lui mi allontanò e pronunciò solo il mio nome: «Ludo».

«Cosa è successo?» gli domandai.

Mi raccontò di aver chiesto a Edoardo se gli sarebbe piaciuto andare tutti e tre al mare insieme una volta che entrambi avessero finito l'esame di maturità. Stavano facendo un'assemblea di classe e mio fratello aveva iniziato a urlare davanti a tutti: «Mi fai schifo! Hai fatto finta di essere mio amico solo per scoparti mia sorella, ne hai approfittato perché mio padre era in carcere, mi fai schifo». Poi aveva cercato di picchiarlo, ma non era riuscito a piazzare neanche un pugno, e comunque i compagni li avevano divisi.

«Lo hanno accompagnato fuori, ha detto che doveva andare in bagno. Solo che dopo dieci minuti abbiamo sentito casino: la bidella urlava. Siamo usciti dalla classe e c'erano quello di chimica e quello di latino nel gabbiotto con lei. Uno di terza A mi ha detto: "Il tuo amico è salito sul cornicione, si vuole buttare".»

Tommaso aveva visto un professore di un'altra sezione che impediva ai ragazzi di entrare in bagno, si era avvicinato per chiedergli di passare, ma non gli era stato permesso. Nel frattempo era arrivata la preside, trafelata per l'agitazione. Edoardo era rimasto sul cornicione solo per qualche minuto: quando la preside era entrata nel bagno, si era come risvegliato ed era uscito velocemente andando verso le scale.

«Gli sono corso dietro, l'ho raggiunto, gli ho preso il braccio, mi ha guardato. Piangeva, Ludo. "Tu sei il mio amore" mi ha detto, ed è scappato.»

«Devo andare» dissi subito.

«Ludo, io non ci posso più venire a casa tua.»

Mi sembrò che il mio corpo perdesse sostanza: la sicurezza di essere ancorata a un futuro amico, la mia identità di ragazza fortunata uscirono da me come fantasmi.

Senza rispondergli, mi incamminai verso l'uscita del cortile, sotto gli alberi, nella luce di maggio. Sentii un mantello scuro e pesante che si appoggiava prima sulla mia pelle e poi mi penetrava il corpo, diventava parte del mio sangue.

SECONDA PARTE

1993-2003

1

Qualche settimana dopo la scarcerazione di mio padre Rosa se n'era andata. Mia madre l'aveva licenziata con la scusa che eravamo diventati grandi e di lei non c'era più bisogno. Era vero, ma comunque aveva fatto venire un'altra signora a fare le pulizie e a stirare. Con Rosa se n'era andato anche quel senso di compostezza e di pace che si portava appresso. In tutti quegli anni era stata lei a garantire a me e mio fratello la presenza dell'affetto, la sicurezza: c'era quando tornavamo da scuola, era lì il pomeriggio mentre io facevo i compiti e Edo guardava la tele. L'atmosfera in casa si era raffreddata irrimediabilmente.

Dopo la maturità mio fratello, che aveva sempre voluto fare Lettere, aveva deciso invece di iscriversi a Giurisprudenza e di frequentare l'università a Catania. La città più lontana possibile da Torino. Nostro padre aveva espresso delle perplessità.

«È un ateneo grande e caotico, la facoltà di Legge ha molti iscritti, dovrai saperti destreggiare tra burocrazia, appelli interminabili, aule stracolme» gli disse un giorno, contravvenendo alla sua abitudine di non intervenire nelle nostre decisioni personali.

Da quando aveva scoperto che papà aveva patteggiato, Edoardo aveva convertito la sua venerazione in svelato astio. Evitava di rivolgergli la parola, e quando era lui a cercare di parlargli spesso lo ignorava. Quella volta gli rispose: «Pensi che io non ne sia in grado, vero?».

«Credo solo che, se proprio vuoi andare via da Torino, dovresti valutare delle città più piccole e non così lontane da casa, io potrei aiutarti a preparare gli esami se fossi più vicino.»

«Così io potrò aiutarti a uscire di galera la prossima volta.»

Nostro padre prese la prima cosa che trovò, il telecomando – Edoardo comunque non si era degnato di spegnere la tv durante la loro conversazione e aveva continuato a sbirciare *Melrose Place* –, e glielo diede forte in testa. Fu l'unica volta in cui ricorse alla violenza fisica, prima di allora gli era sempre bastata una frase per ferirci, ma quella sera era stato lui a provare il dolore maggiore.

Edoardo si alzò, lo guardò immobile, col busto leggermente proteso in avanti, in posizione d'attacco, ma non reagì, andò in camera sua prima che le lacrime che avevano riempito i suoi occhi così grandi gli cadessero sul viso.

Non ci furono altre discussioni, si iscrisse a Catania.

Mia madre accettò la decisione di Edoardo senza dire una parola, come se a separare casa nostra dalla città che suo figlio aveva scelto non ci fossero millecinquecento chilometri. Una sera, rincasando dal lavoro nel periodo in cui Edo avrebbe dovuto studiare per la maturità, lo aveva visto nei giardinetti vicino a casa, con un uomo più grande di lui, uno di quelli che bazzicavano il parchetto alla ricerca di ragazzi da accarezzare o da cui farsi fare un pompino. Quando Edo era rientrato lei lo aveva aspettato in cucina, in camicia da notte. Era sempre un pessimo segno, di solito si cambiava solo in camera sua per andare a letto, detestava le tenute da casa, tute o vestaglie. Lo aveva guardato con una rabbia gelida, in silenzio.

«Ludo! Che cos'ha nostra madre? Perché mi fissa infuriata?» mi aveva chiesto mio fratello col suo nuovo tono sprezzante chiamandomi in cucina.

«Non puoi sempre nasconderti dietro di lei, Edoardo» aveva detto mia madre mentre io prendevo un bicchiere d'acqua. «Voglio che mi ascolti bene: vatti a lavare, con cura, e ricordati di farlo ogni volta che rientri a casa dopo esserti dedicato a delle attività che io non potrò mai, mai approvare. Quelle lenzuola le ho comprate io, per mio figlio, non accetto che la persona che sei diventato le utilizzi senza rispetto per me: lavati.»

Edo era diventato paonazzo, sul suo viso non c'era più la maschera del sarcasmo che da mesi si era impossessata di lui. Non le aveva risposto, era andato direttamente nel suo bagno e quella sera non l'avevo più visto. Io ero rimasta in cucina a guardare nostra madre che fissava il frigorifero, mi era sembrato di notare che aveva le lacrime agli occhi. Non aveva pianto mai, neanche una volta in tutto quel tempo, né quando mio padre era in carcere, né dopo, o almeno non lo aveva fatto davanti a me. Avrei voluto abbracciarla, ma non potevo consolarla per il motivo sbagliato. Il problema non era che a Edoardo piacevano i maschi, era la solitudine in cui eravamo precipitati: lei in una vita che non corrispondeva più ai suoi canoni, con un marito che non riconosceva perché era diventato un perdente, e io con un fratello che aveva messo delle distanze siderali tra di noi, come se fosse stata colpa mia, di tutto. Del fatto che Tommaso non fosse omosessuale, che fosse scomparso, che alla fine non si fosse innamorato né di lui né di me.

«Mamma, Edoardo è libero di fare l'amore con chi vuole» le avevo detto. Lei aveva assunto un'espressione severa. Capitava di rado, perché la maggior parte delle volte preferiva ignorarci, e nel tempo la sua indifferenza era servita eccome a educare me e Edoardo a non fare le cose che le davano fastidio: lo spettacolo del suo distacco faceva male. Le poche occasioni in cui si lasciava coinvolgere, si arrabbiava, non aveva reazioni accese – nessuno in casa nostra alzava mai la voce –, ma diventava di una freddezza spaventosa. In quei momenti, rarissimi, era come se indossasse la divisa militare di suo padre, diventava una Veglio e questo significava che non c'era spazio né per il dialogo né per la comprensione.

«Non qui» mi aveva risposto. «E non fare la comunista con me, non ne posso più della politica e ho già avuto un padre e un marito che hanno cercato di impormi il loro modo di pensare, tu non provarci neanche.»

Non aveva aggiunto altro, né allora, né in nessun'altra occasione: mia madre non mi ha mai nominato negli anni l'omosessualità di Edoardo, e del resto non ha mai voluto parlarne neanche con lui.

Mio padre era davanti alla televisione, non sentì o non volle sentire. Il primo anno dopo la scarcerazione non uscì quasi di casa, eccezion fatta per andare in studio e al supermarket. Poi ricominciò a giocare a tennis, ma la sera non c'erano le riunioni, non esistevano più i compagni di partito, si era volatilizzato il partito intero. Eravamo tutti talmente intenti a cercare una nuova identità che rifuggivamo quella passata, rimuovendola, come se anche solo pensarci potesse metterci in pericolo. Nessuno di noi doveva portare addosso tracce di quel sistema in cui eravamo nati, di quei pomeriggi passati a rispondere al citofono e a ricevere doni di ringraziamento per un favore che mio padre aveva fatto o si sperava facesse, di quelle immagini in televisione in cui da bambina capivo solo che il Psi doveva arrivare secondo e che se succedeva potevo essere felice. Nulla di tutto questo esisteva più e il minimo riferimento ci avrebbe fatti identificare con i cattivi, quelli che nonostante tutto se l'erano cavata e invece non avrebbero dovuto. In casa mia non si nominò la Democrazia Cristiana almeno fino agli anni Duemila.

Appena mio fratello partì per Catania, nostra madre cominciò a prendere aerei per andare in India, diretta all'ashram di Sathya Sai Baba. La prima volta stette via un mese, tornò con un'espressione che avrebbe dovuto essere pacificata, ma che a me sembrò solo ancora più assente. Non ci raccontò nulla di quei soggiorni, del resto mio padre biasimava quella svolta *new age*, ma non poteva esprimersi troppo duramente a riguardo, perché sapeva di essere stato uno dei motivi che l'avevano scatenata. Nelle settimane successive al suo rientro, capitò diverse volte che mia madre comparisse in camera mia con un bastoncino d'incenso acceso e una ciotolina con dentro dell'olio profumato. Non diceva nulla e faceva segno anche a me di stare zitta e di non interrompere il suo rituale. Agitava il bastoncino in giro, poi mi si avvicinava e, dopo averle intinte nell'olio, iniziava a muovere le mani intorno alla mia testa bisbigliando qualcosa di incomprensibile.

Poi, d'improvviso, smise: non amava sporcarsi le mani neanche con degli unguenti magici, quindi si dedicò ad altre pratiche.

In quel periodo la sua cartomante nonché astrologa sancì che tutta la sua infelicità derivava dagli uomini della sua vita: suo padre, il mio e Edoardo. Mia madre aveva cercato di spiegarmi come questo risultasse evidente dalla posizione di Saturno, di Marte e di Plutone nel suo tema natale. Ma l'unica cosa che riuscivo a ritenere di quelle informazioni erano le immagini di quei pianeti immensi, come dei macigni posti di fronte alla libertà di cui mia madre mi diceva di essere stata privata e che doveva riconquistare. A volte la accompagnavo, quando il tragitto per raggiungere i luoghi di pace, immersi nella natura, pieni di spiritualità in cui vivevano queste esperte della divinazione erano lontani da Torino e lei non aveva voglia di guidare su stradine di montagna. Mi piaceva comunque l'idea di fare qualcosa con lei, la sensazione che avevo quando la accontentavo.

Katia, una donna dai capelli rosso henné, abitava in uno chalet isolato tutto fatto di legno di betulla. Ci aspettava già seduta coi tarocchi in mano. Nella stanza in cui entrammo c'era effettivamente una luce bellissima, per via dell'altitudine e delle pareti in legno chiaro.

«Tuo marito è lontano ora, irraggiungibile, ma tornerà da te col corpo e con l'anima» le disse al primo giro di carte.

«Ma i miei genitori stanno insieme anche adesso, mio padre non se n'è andato» intervenni io allora.

Katia mi guardò e poi si girò verso mia madre, senza parlare.

«Ludovica» disse lei, «Katia si riferisce a cose che tu non puoi capire. Tuo padre se n'è andato molti anni fa» e riportò subito lo sguardo sulle tre carte davanti a sé.

«Qui fuori c'è un prato bellissimo» aggiunse Katia, mentre i suoi occhi e quelli di mia madre si dirigevano sincroni verso di me. Le accontentai e uscii.

Nel giardino ordinatissimo di quella casa di montagna, mi chiesi che cosa intendesse mia madre quando diceva che papà se ne era andato da tempo. Iniziai allora a immaginare che l'uomo che era tornato dal carcere fosse in realtà un alieno, come accadeva nella serie *X Files*. Il movente politico per quello scambio c'era tutto, e tuttavia, nonostante il suo carattere fosse davvero cambiato con la fine della Dc, il suo odore era rimasto identico, un leggero sentore di dopobarba e profumo di papà, così come il suo modo di sorridere d'improvviso, seppur molto di rado, con tutti i denti in bella vista, come un ragazzo.

Quando mia madre rientrò in macchina, era agitata.

«Io non ho capito cosa intendesse quella, a me non è sembrata molto brava» le dissi, pensando che in quel modo l'avrei rassicurata.

«Katia fa quello che può, non è lei a non essere brava...» mi rispose invece.

Il conflitto tra i miei genitori aveva ormai preso una deriva che mi imbarazzava. Era come se l'incarcerazione di mio padre non avesse dimostrato solo che lui aveva partecipato alla corruzione del sistema politico italiano, ma la sua vulnerabilità, che non era intoccabile: Mani pulite lo aveva reso ai suoi occhi un uomo come tutti, ed era questo che lei non gli sapeva perdonare.

Non la giudicavo perché cercava un senso in quelle pratiche più o meno discutibili, ma come poteva credere davvero che tutta la colpa della sua infelicità fosse di suo marito?

Rimasi in silenzio, guidavo piano, guardando bene le righe della strada come mi avevano insegnato a scuola guida, lasciando che quella luce alpina perfetta disinfettasse tutta la confusione.

Nonostante i cambiamenti avvenuti, la routine della mia vita era molto simile a prima: andavo a scuola tutte le mattine, facevo l'ultimo tratto di strada con Mariella, come accadeva da quando frequentavamo la prima media, e rincasavo per pranzo. Mangiavo da sola: la nuova signora che veniva a sbrigare le faccende domestiche mi lasciava sempre un piatto in caldo e uno spicchio di tovaglia apparecchiata. Non era bello pranzare in silenzio, però, e in generale non mi piaceva stare a casa senza Edoardo e Rosa. Studiavo nella stanza di mio fratello, che aveva il telefono, una scrivania molto più grande della mia, la libreria con i dizionari e l'enciclopedia a portata di mano. Ho sempre pensato che il fatto che i miei gli avessero allestito uno studio anche se lui non apriva libro, e a me che non facevo altro che studiare avessero preso una scrivania striminzita in cui a stento entravano due quaderni, fosse la prova evidente che il modo in cui si comportavano con lui era in fondo tutta una mascherata.

Dopo pranzo mi mettevo sul suo letto e abbracciavo Patti, il suo leoncino. Ce l'aveva da quando era piccolo, ma l'aveva lasciato a Torino, evidentemente anche per Edo e il suo pupazzo era arrivato il tempo della separazione. Cercavo di dormire un po', poi mi rimettevo a studiare.

Da quando Rosa non veniva più e mio padre aveva molto più tempo libero, aveva preso l'abitudine di preparare lui la cena. La cucina è stata la sua prima fissazione dopo la ripresa dalla depressione post-carcere.

Ovviamente aveva studiato.

Mia madre, come tutte le donne di buona famiglia, aveva ricevuto in dono da novella sposa il libro di Ada Boni, *Il talismano della felicità*, che non aveva mai aperto. Le uniche volte in cui l'ho vista cimentarsi in cucina è stato per preparare delle minestrine. Solo una volta, quando io e Edo eravamo piccoli, aveva cucinato un dolce, rimasto indelebilmente impresso nella memoria di entrambi. Aveva creato una sorta di grattacielo, con strati di pan di spagna alternati a strati di crema pasticcera, crema al cioccolato, panna, panna e fragola, panna e pesche sciroppate. Era un dolce altissimo e insensato. Era talmente euforica per quella torta spropositata che non aveva neanche notato l'entusiasmo sghembo mio e di Edoardo, che intuivamo che in quella costruzione temeraria e ipercalorica si annidavano intenzioni ambigue.

Papà, invece, seguiva le ricette di Ada Boni per filo e per segno: brasato alla genovese, roast beef al forno, stufato alla romana, maiale alla milanese... Non gli piaceva apparecchiare, quindi chiedeva alla nuova signora che veniva a fare le pulizie e a stirare di farlo per lui, controllando che anche lei eseguisse gli ordini di Ada Boni in fatto di posizionamento di piatti, posate e bicchieri.

Mio padre aveva iniziato a frequentare soprattutto suoi colleghi commercialisti o persone che non avevano né tempo né particolare interesse per la politica e che, nelle occasioni in cui non riusciva a contenersi e commentava una mossa di governo o un'azione della magistratura, lo guardavano ebeti e imbarazzati. Non sapevano cosa rispondergli perché non capivano i suoi ragionamenti, lui dava per scontati dei meccanismi di palazzo che loro ignoravano. E poi non volevano dire cose che avrebbero potuto ferirlo. Si trattava di una reazione che aveva imparato a riconoscere, l'imbarazzo delle persone che lo ascoltavano quando non resisteva a parlare di politica in pubblico. Se se ne accorgeva sviava il discorso, quasi sempre su argomenti culinari.

«Questa è quella che a Milano viene chiamata *cassoeula*, ma ho scoperto che ogni regione ha la sua variante...»

Non potendosi più vantare di quanto fosse stato bravo a rispondere a un'interpellanza in consiglio regionale o di come il presidente della Giunta facesse sempre quello che lui gli consigliava, passava la maggior parte della cena a lodare la bontà dei piatti che aveva preparato.

A me piaceva mangiare quello che cucinava, era diventato davvero bravissimo, ma non sopportavo quando si soffermava su ogni singola fase della preparazione e soprattutto non tolleravo osservare nelle espressioni dei suoi ospiti un fastidio, seppur leggerissimo, una certa noia nell'ascoltarlo. Detestavo che non se ne rendesse conto, che a prendere il sopravvento alla fine fosse comunque il desiderio di essere al centro dell'attenzione, di essere considerato eccezionale, fosse anche per come sapeva marinare il cervo.

Avendo smesso di frequentare il collettivo studentesco, anche la mia vita sociale era cambiata molto. A differenza di mio padre, però, io non avevo cercato di sostituire i miei compagni e le mie compagne con altri tipi di persone. In quel periodo iniziai a fare esperienza di una solitudine protratta, un'abitudine che ancora non m'abbandona. Il fine settimana uscivo solo se andavamo a Milano da Giacomo, l'amico di mio padre. Mi piaceva cambiare aria, mi faceva sentire al sicuro, e poi spesso ci raggiungeva da Parma anche la famiglia di Francesco, così io potevo vedere Livia. Con lei non era necessario dare spiegazioni su come fossero cambiate le cose, lo sapeva. Livia sapeva che non eravamo più delle stelle fisse, che i Montella avevano iniziato a cadere.

A Milano andavamo al cinema o ci facevamo portare a mangiare in qualche ristorante etnico: allora ce n'erano davvero pochi ed era un'avventura anche andare al cinese. Una volta, come per consolarmi di una sofferenza di cui non aveva però nessuna intenzione di parlare, mio padre insistette affinché ordinassi tutto quello che desideravo, senza badare né al mio reale appetito né a spese. Ricordo quella tavola piena di cibo dalla foggia mirabolante: una fontana di spaghetti fritti con delle decorazioni meravigliose, una torre di litchi e di ananas. Io e Livia non mangiammo quasi nulla, le portate erano troppe e noi non eravamo abituate all'agrodolce e tanto meno alla salsa di soia, ma quella sera fui contenta, perché sentii per qualche ora che tutto era possibile, come era sempre stato.

Carlo, Davide e gli altri compagni del collettivo continuavano a invitarmi a uscire, ma io declinavo. Rivederli, anche solo andare a mangiare la pizza o al cinema, comportava dare loro delle spiegazioni sul patteggiamento di mio padre e impegnarmi nella costruzione di un nuovo ruolo all'interno del nostro gruppo, visto che avevo perso quello di leader politica del collettivo. Mariella mi diceva che non era vero, che i nostri amici non si aspettavano nulla, ero io che avevo le paranoie, comprensibili vista la mia situazione, ma comunque paranoie. Mi fidavo di lei, forse aveva ragione, ma riprendere la vita sociale di prima era uno sforzo che non riuscivo a fare, una fatica troppo grande.

Sdraiata sul pavimento di parquet del salotto, oltre a Guccini e ai Nirvana, ascoltavo Edith Piaf e Serge Gainsbourg, fissando il soffitto. Con lei piangevo, con le canzoni di lui mi eccitavo. Immaginavo il ritorno di Tommaso: mi sarebbe venuto a prendere in macchina perché, nonostante il bene che entrambi volevamo a Edoardo, il nostro desiderio di stare insieme era più forte. Facevamo l'amore lungo la strada per andare in collina, perché non resistevamo ad aspettare di trovare un posto dove appartarci. Fermava l'auto in una piazzola e poi saliva sul sedile del passeggero, su di me, io cercavo di togliergli la giacca, ma non ci riuscivo, lui slacciava i suoi jeans e io i miei e mi entrava dentro, dandomi la sensazione di tornare a respirare, dopo essere stata sott'acqua troppo a lungo. Facevamo l'amore, avvinghiati, lui veniva dentro perché tanto il nostro legame era così forte che se fossi rimasta incinta ci saremmo sposati subito. Passavo così il mio tempo libero: a proiettare sui muri di casa i miei sogni d'amore.

Allora decisi di mandargli una lettera.

Ciao Tommy,

ti scrivo dal salotto, sono sola, non ci sei tu, né Edoardo, non c'è neanche più Rosa in questa casa a darmi l'illusione che almeno qualcosa non sia cambiato. La statuetta di ceramica cinese che avevo fatto cadere e a cui tu hai riattaccato la testa mi fissa, sembra che voglia farmi capire che le cose si possono riparare, che tu puoi farlo. So che prima di essere stato il mio primo ragazzo eri il migliore amico di Edo e non sono arrabbiata con te per aver deciso di allontanarti, ma credo che potremmo almeno parlarci, vorrei tanto rivederti. Nei mesi in cui siamo stati insieme era tutto strano, papà era in galera, mi suona ancora così assurda questa frase, eppure è vera. E tu sei riuscito comunque a farmi sentire felice. Non faccio che pensare a come sarebbe bello se mi venissi a prendere, se potessimo uscire insieme mano nella mano, se venissi di nuovo qui a casa e facessimo l'amore nella vasca da bagno, come ci eravamo detti. Fatti sentire, ti prego.

Tua Ludo

Mi rispose con una telefonata, dandomi appuntamento sotto casa mia.

Avevo il pantalone della tuta che mi aveva dato Mariella, lo stesso che indossavo la prima sera che si era avvicinato a me, e una coda di cavallo, morbida. Arrivò camminando con lentezza, tenendo gli occhi bassi. Ebbi tempo di osservarlo mentre si avvicinava, lo trovai bellissimo.

Gli chiesi se volesse salire, a casa non c'era nessuno.

«Non possiamo più vederci, Ludo, non voglio che Edo stia male.»

Aveva usato le stesse parole quando lo avevo incrociato a scuola, qualche giorno dopo che mio fratello aveva minacciato di buttarsi giù dalla finestra del bagno del liceo. Quella volta non avevo ribattuto. Ancora più del dolore della sua assenza, avevo temuto che, se avessi insistito, ne avrebbe parlato con Edoardo. E lui magari avrebbe pensato che avessi preso io l'iniziativa fin dall'inizio, quando papà era appena stato arrestato, e che Tommaso avesse ceduto solo perché io ero stata insistente, che era stata tutta colpa mia.

«Non capisco, Edoardo se n'è andato, vive a Catania ora. Io sono qui invece» gli dissi.

«Ludo, ti prometto che ti dimenticherai di me prestissimo, sono sicuro che appena inizierai l'università neanche mi saluterai più per strada...»

«Io non sono così, non so dimenticare, sono innamorata di te e voglio stare con te sempre.»

Mi abbracciò, lo annusai forte, infilando il naso nella sua spalla, senza rispondere alla stretta delle sue braccia. Mi tenne così per qualche secondo, poi se ne andò e io rimasi ferma ad aspettare che lui scomparisse. Feci come mi aveva chiesto: non lo chiamai mai più.

Per la maturità studiai tantissimo, gli scritti andarono bene, la versione di latino che uscì era facile e un po' me ne rammaricai, avrebbe potuto tradurla anche qualcuno che, a differenza mia, non aveva la media del nove in tutte le materie, greco e matematica compresi. All'orale il presidente della commissione mi fece una domanda semplicissima: che cosa trasportava la barca dei Malavoglia che naufragò? Rimasi a fissarlo, col vuoto nella mente. E poi risposi: «Vongole». Il mio professore di italiano, che era l'unico membro interno, intervenne subito per reagire alla sorpresa sul viso del suo collega: «Montella è una studentessa modello, nonostante le difficoltà non ha mai messo da parte lo studio, anzi» gli disse per cercare di riparare al mio strafalcione. Poi si girò verso di me: «Ludovica, sei stanca, ma pensaci, lo sai benissimo che quella nave portava lupini».

«Lupini, certo» mi corressi.

Poi mi mise davanti il XVII canto del *Paradiso* di Dante e io iniziai a parafrasare. Procedevo spedita e lui annuiva sollevato, mentre io con la coda dell'occhio vedevo che gli altri docenti parlottavano. Quella di chimica, che con i miei compagni si era distinta per le domande infernali, mi chiese di parlare dei climi. Non mi sembrava possibile, indugiai perché non ero sicura che volesse davvero che le spiegassi una cosa che si studiava anche alle medie.

«I climi, Montella» insistette.

Glieli elencai tutti e cinque: mediterraneo, continentale, equatoriale, temperato, tropicale. Mi dissero che potevo andare.

Fuori, nel cortile, non c'era nessuno ad aspettarmi, ero stata la penultima del liceo a essere interrogata. Guardai gli alberi e dissi a loro: «Mi sono diplomata», una, due, tre volte, a voce sempre più alta. Mi piacque che non risposero nulla, lasciarono che il sole di luglio illuminasse le loro foglie, incantandomi.

Le villeggiature estive della famiglia Montella erano finite, quell'estate mio padre andò con i suoi amici in barca all'isola d'Elba, mentre mia madre si recò a un ritiro spirituale in un ecovillaggio in Liguria. Edoardo scelse Ibiza, mentre io, dopo qualche giorno al mare con Mariella e i suoi genitori, me ne tornai a Torino. Il posto in cui preferivo stare era comunque casa mia. La mia camera, anche se surriscaldata dalle temperature agostane, era uno spazio in cui mi sentivo al sicuro e le strade del centro deserte mi mettevano molta calma. Avevo intenzione di approfittare di quell'estate più lunga del solito per dedicarmi a imparare una lingua che non avevo potuto approfondire al liceo: il francese. Per questo, avevo chiesto a mio padre di comprarmi uno di quei costosissimi corsi della De Agostini, con i libri di testo e una decina di audiocassette che contenevano esercizi di conversazione via via più difficili. Stavo ore e ore a studiare e a parlare da sola nella mia stanza. Oltre alla mia voce, si sentiva solo il rumore delle pale del ventilatore.

Per Ferragosto il figlio di Ginevra, una delle signore torinesi con cui mia madre era andata da Sai Baba, organizzò una festa in onore dei suoi antenati celtici e mi telefonò per invitarmi, dicendomi che stare all'aria aperta mi avrebbe fatto bene e che dovevo concedermi un po' di svago dopo la fatica della maturità e in vista dell'inizio dell'università. Accettai: la festa si svolgeva in un posto bellissimo, un bosco a una trentina di chilometri dalla città, e si dormiva nelle tende o nei sacchi a pelo sotto il cielo stellato, ma era frequentata per lo più da leghisti convinti di discendere dai celti e non dai romani, che invece, secondo loro, erano gli antenati dei politici corrotti.

Fu lì che la vidi per la prima volta.

Mentre, fumando e bevendo birra, guardavamo questo spettacolo di guerrieri e scudieri vari, lei comparve vestita da fatina, ballando leggiadra tra di noi, che stavamo stravaccati sul prato. Il sedicente druido figlio dell'amica di mia madre, intanto, la descriveva al microfono come una creatura magica che aveva il potere di risollevare i nostri spiriti, di condurli altrove.

«Dillo a uno che fa il turno in fabbrica di sollevarsi lo spirito con la danza della fatina» disse un tipo con il fazzoletto verde legato al collo seduto accanto a me, mentre io la osservavo sgomenta.

Quella donna, piccola davvero come una fatina, magra e bassa, con una lunga chioma di capelli neri, era la fidanzata di Tommaso. Ne ero sicura perché il druido, introducendola, aveva detto il suo nome: Elena Amarillis. Con le cosce tornite come chi pratica la danza, il seno piatto e gli occhi molto truccati, volteggiava pesante sul mio cuore. Lei e Tommaso stavano insieme da un anno ormai.

Neanche lui era uscito indenne da Mani pulite, seppure suo padre non avesse mai fatto politica in vita sua. Anche lui aveva perso una famiglia perfetta: la mia.

Sapevo che all'università non riusciva ad andare avanti, anche Tommy si era iscritto a Legge, mentre a me aveva sempre detto che voleva fare Psicologia.

Poi aveva incontrato lei. Erano stati coinvolti entrambi in un tamponamento e da quello scontro non si erano più separati. Elena aveva dieci anni più di lui, e per me era una rivale inarrivabile: aveva già compiuto trent'anni mentre io avevo da poco preso la patente. Non riuscivo neanche a concepire tutti i consigli e le risposte sulla vita che lei sapeva dargli, senza parlare del sesso. Mi torturavo al pensiero di quanto a Tommaso piacesse di più scopare con lei, di quante cose lei gli facesse che io non osavo neanche immaginare nelle mie fantasie, non tanto per pudore, ma per totale inesperienza. O forse lo aveva solo fatto sentire al sicuro.

Dopo che Elena ebbe terminato la sua danza intorno al fuoco, mi ubriacai e finii accucciata per terra, vicino al falò. Mariella mi stava accanto.

«Sono lucida, non riesco ad alzarmi, ma riesco a pensare» le bisbigliai.

«Lo so, Ludo, lo so» mi ripeteva lei, accarezzandomi i capelli e la schiena.

«Non sposerò mio marito. Lui è il mio amore e non mi vuole più, sta con lei. Se gli piace lei vuol dire che di me non gliene è mai fregato niente, io non sono una fatina, cazzo, perché non sono una fatina?»

«Ludo, tu diventerai un'avvocata, un'ambasciatrice, una ministra, altro che fatina, e incontrerai un figo pazzesco, intelligente come te, che ti vorrà un sacco di bene» mi disse Mariella.

Da una parte pensai che avesse ragione lei, che non potesse che essere così: avevo solo diciannove anni, di sicuro avrei incontrato qualcun altro e avrei dimenticato Tommaso, ma una parte di me ha sempre creduto che ognuno di noi nella vita è destinato a vivere un solo grande amore. E il mio, allora, era già finito.

2

«Tuo fratello non fa che dormire da quando è rientrato da Ibiza.»

Io e mio padre eravamo in salotto, agosto era finito e a Torino le prime piogge stavano già annunciando l'arrivo dell'autunno. Seduti in poltrona, guardavamo un programma di cui non ci interessava assolutamente niente. Edoardo era nella sua stanza, e in effetti, di ritorno da una vacanza con i suoi nuovi misteriosi amici dell'università, non faceva che stare a letto, immerso in un sonno profondo, era da quasi tre giorni che si alzava solo per mangiare.

«Avranno fatto tardi tutte le sere in discoteca, non c'è niente di male» gli risposi con tono saccente. Avevo capito che lui sospettava che Edoardo avesse abusato di qualcosa, ma approfittai del fatto che, come al solito, non facesse domande, per trattarlo come se fosse un adulto paranoico. Anche se mio fratello a stento mi rivolgeva la parola e mio padre aveva sicuramente ragione, per nessun motivo al mondo a quel tempo sarei passata dalla sua parte, facendo la spia.

«Perché non ti iscrivi anche tu all'università a Catania?» mi chiese allora, visto che la mia immatricolazione era imminente. «Tu e Edoardo potreste condividere l'appartamento, e lì la facoltà di Archeologia è ottima.»

Non avevo mai avuto quel desiderio. Lo guardai senza capire.

«Intendo dire che puoi andare dove vuoi, non devi restare a Torino per forza» si corresse, notando la mia espressione stupefatta.

«Vuoi che vada a Catania per stare vicina a Edoardo? Per tenerlo d'occhio?» gli domandai con tono offeso. «Guarda che non è questo il mio obiettivo nella vita: occuparmi di mio fratello. Qui c'è la facoltà che voglio fare e io non ho niente da cui scappare.»

Dopo la sua scarcerazione, quello che era stato per anni il nostro principale argomento di conversazione era divenuto pressoché un tabù. Da quando avevo iniziato il liceo, il nostro rapporto si era fondato sulle discussioni politiche. Poi, quei confronti smisero di avere senso: lui non era più il rappresentante del potere costituito, il nemico in casa, il migliore degli avversari. Poteva capitare che, quando proprio non riuscivo a trattenermi, mi scagliassi contro uno degli ex democristiani che erano sopravvissuti a Mani pulite e che avevano deciso di restare in pista, iscrivendosi a Forza Italia. In quel caso mio padre diventava emotivo: nonostante il suo disprezzo per la politica berlusconiana, così netto che smise di tifare per il Milan quando il biscione divenne presidente del Consiglio, si infuriava sentendo che io davo dei voltagabbana a quei suoi ex compagni di partito. Non gli interessava affatto che facessero bene, che fossero persone degne del loro ruolo, per lui era prioritario difendere il loro diritto ad agire da cittadini liberi, quindi anche a sbagliare. Una libertà che Arturo Montella non ha mai concesso a sé stesso, o un desiderio che non ha mai avuto: mio padre non si è più riscritto a un partito, non ha più partecipato a un comizio, a una campagna elettorale, a una riunione politica, neanche di una lista civica.

Anche se i nostri confronti si erano drasticamente ridotti, avevo comunque dato per scontato che per lui fosse importante che io seguissi la mia strada, e io volevo studiare Scienze Politiche, non Archeologia. Lo fissavo con le lacrime agli occhi.

«Ludo, mi hai frainteso, volevo solo dire che se anche tu vuoi iscriverti in un'altra città, come ha fatto tuo fratello, puoi farlo» ritrattò.

«Grazie, papà, temo che ti toccherà tenermi in casa ancora per un po', invece» gli risposi andando in camera mia per non dargli la soddisfazione di piangere davanti a lui.

Cambiare aria forse mi avrebbe fatto bene, ma io avevo bisogno di poter contare sulla sicurezza che mi dava restare nella città in cui ero nata, con il suo fiume, nella casa in cui avevo sempre vissuto, circondata dagli oggetti che erano rimasti esattamente allo stesso posto – il quadro astratto in soggiorno che adoravo e che mi sembrava una sovrapposizione di polpi, quello orribile che rappresentava il ratto delle Sabine in salotto. Se fossi andata via, dove non c'era neanche un punto di riferimento per orientarmi, un oggetto che conoscevo nei più minimi dettagli su cui concentrarmi nei momenti di smarrimento, come avrei fatto?

Iniziai l'università. Quasi ogni mattina venivo fermata da un ragazzo che voleva vendermi il giornale "Lotta Comunista" e fare propaganda. Il più delle volte riuscivo a evitarlo con la scusa che ero in ritardo per la lezione, ma lui aveva notato che le mie resistenze erano sempre più blande.

Si chiamava Giorgio.

«Mi spieghi perché non vieni una volta alla riunione, secondo me ti interessa, e poi che ti costa provare?» mi disse una mattina in cui mi ero opposta con meno convinzione del solito.

«Facevo parte di un collettivo durante il liceo» ammisi e gli raccontai della mia esperienza come rappresentante del parlamentino degli studenti e della consulta giovanile.

«Vedi, hai la politica nel sangue, lo avevo capito! Vieni all'incontro di domani sera.»

«Facciamo un patto» risposi, «io partecipo alla vostra riunione, ma tu mi prometti che se ti dico che non fa per me, non mi fermi più ogni sacrosanta mattina.»

«Promesso. Ti passo a prendere io alle venti.»

«Ah, è una sede segreta, non puoi darmi l'indirizzo, ho capito.»

«No, volevo solo darti un passaggio, se ti fa comodo, altrimenti...»

Non mi convinceva affatto la prospettiva di Lotta Comunista, ma avevo talmente voglia di trovarmi in un'assemblea a sentir parlare di politica che accettai. E poi mi piaceva l'idea che un ragazzo venisse a prendermi a casa come se avessimo un appuntamento, anche se nel nostro caso andavamo a un dibattito su "Il ruolo della Cina oggi". Non mi ero presa una cotta per Giorgio, ma apprezzavo la sua gentilezza e non lo trovavo brutto, coi capelli rossi, crespi e un taglio alla Miguel Bosé.

Avevo cenato di fretta, mio padre mi aveva preparato un uovo fritto, visto che dovevo essere pronta per le venti e quindi non potevo aspettare di mettermi a tavola con loro. Non mi aveva chiesto dove andassi e io non glielo avevo detto. Avevo mangiato in silenzio, mentre lui alla mia destra impanava sul piano di lavoro in marmo delle bistecchine che sarebbero regolarmente avanzate, visto che mia madre non le avrebbe mangiate. Dopo i suoi soggiorni in India era diventata vegetariana, ma in realtà la carne non le era mai piaciuta. Mi incantava guardare le sue mani forti che schiacciavano il pan grattato sulle fettine, come se suonasse il piano.

Andare a quella riunione era una deriva e assomigliava a quella che aveva preso mia madre: Lotta Comunista aveva i tratti della setta e stava alla politica come il *new age* sta alla spiritualità, erano come i testimoni di Geova della sinistra.

Scesi all'orario stabilito, non avevo detto a Giorgio il mio cognome e quindi non poteva citofonare. Salii in macchina accanto a lui e, senza guardarlo, prima che rimettesse in moto, gli misi una mano sulla gamba. Lui si girò verso di me: era stupito e un po' diffidente, aveva un'espressione interrogativa. Lo baciai, aveva il naso lungo e mi piacque sentirne la punta contro il mio, ma smisi quasi subito, non ne avevo voglia. Non avevo baciato più nessuno dopo Tommaso, volevo sapere che effetto mi avrebbe fatto, ma non provai niente. Gli sorrisi, senza parlare, e neanche lui disse nulla. Guardai oltre il parabrezza, lui mise in moto e ci avviammo.

La sede di Lotta Comunista stava al piano terra di un palazzo basso in periferia. Era un appartamento con diverse stanze ampie, tutte con i lampadari al neon, che facevano una luce gialla come un uovo sbattuto. Nella sala più grande, quando arrivammo, era già iniziata la conferenza di un vecchio comunista sul tema della serata. Era un coetaneo di mio padre, forse di qualche anno più grande, aveva la voce roca, fatta di mille sigarette, i capelli bianchi folti e la carnagione abbronzata, il naso grosso e tutta la pelle del viso leggermente butterata. Aveva un'espressione dolce, anche se era lì per raccontare di essere stato un rivoluzionario e per istigare i presenti alla lotta, non per forza armata però. Parlò dei rapporti della Cina con Cuba, della crisi missilistica del 1962 e dell'Unione Sovietica, come se la Primavera di Praga non ci fosse mai stata. Sembrava vivere in un mondo in cui neanche il muro di Berlino era mai caduto.

Quando alla fine ci fu spazio per le domande alzai la mano. Fui l'unica a farlo, quindi mi venne data subito la parola e io parlai con foga, velocemente. Era da più di due anni ormai che non intervenivo durante una riunione politica, uscì tutto insieme, come un'improvvisa esondazione.

«Mi chiedo se non abbiamo questioni più vicine e più urgenti di cui occuparci» esordii. «La Democrazia Cristiana, il Partito socialista e tutti gli altri sono stati spazzati via da Di Pietro, che si è spacciato per il paladino di una nuova era senza corruzione e poi ci siamo trovati Silvio Berlusconi a dire a reti unificate che vuole salvare l'Italia.» Giorgio, che era in piedi accanto al conferenziere, mi osservava sorpreso e attento.

«Mi chiamo Ludovica Montella» dissi guardandolo negli occhi, lui fece una leggera smorfia di delusione. «Berlusconi era del Psi, era un uomo di Craxi, io lo so fin da ragazzina, come so dove si trovano le aspirine in casa mia o gli asciugamani. Eppure non solo si è salvato dall'ecatombe del sistema di cui faceva parte, infatti è stato accusato e poi assolto, ma adesso è anche presidente del Consiglio. Non avete niente da dire su questo, la vostra lotta è solo per l'avvento del sistema comunista, la realtà non vi interessa?»

«Sei la figlia di Montella, quindi?» mi chiese il conferenziere. Ci fu un leggero parlottare, nella sala non tutti i ragazzi presenti sapevano chi fosse mio padre. Erano giovani, per lo più nerd, con i maglioncini di lana sottile e lo scollo a V che gli comprava la madre, di colori spenti, marroni, verdastri, la pelle del viso unta e l'aria di esagerare con la masturbazione.

Annuii.

«No, a noi non interessano questi fatti contingenti, perché è il sistema che va cambiato, capisci? Finché domina il capitalismo e la regola è lo sfruttamento dei lavoratori, poco importa se la faccia che sta davanti a tutto ciò è quella di tuo padre o di un uomo di Berlusconi.»

Capivo il suo punto di vista, ma mi sembrava più urgente affrontare la deriva berlusconiana che aveva preso l'Italia.

«Perché i politici sono tutti uguali?» gli domandai allora supponente.

«Non sono un fan di Di Pietro, mettiamola così, ma gli sono grato di aver fatto crollare Fanfani, Craxi e tutta quella feccia.»

«Io non gli sono grata di nulla, invece» dissi consapevole di correre il rischio di essere bollata come democristiana, cioè l'incarnazione del male, «tanto meno di aver permesso a Berlusconi di salire al governo. Adesso è peggio di prima e nessuno di voi se ne accorge, siete accecati.»

Mi alzai e mi incamminai fuori, Giorgio mi raggiunse prima che uscissi sul pianerottolo.

«Dove vai? Ti accompagno» mi disse toccandomi il braccio.

«Sei sicuro?» Pensavo che non volesse più rivolgermi la parola.

Scosse la testa, come se avessi detto una sciocchezza.

«Certo, vado solo a salutare, non andartene, aspettami.»

Restammo in silenzio per buona parte del tragitto, fino a che lui fece un sospiro che sembrava un sorriso o viceversa.

«Quindi non ho capito, sei democristiana o sei comunista?»

«Non sono nessuna delle due, visto che non esistono più né la Dc né il Pci.»

«Sei senza speranza, allora?»

Sorrisi anche io in quel modo strambo. Quell'incontro mi aveva fatto capire che la mia posizione politica era inaccettabile per tutti. Non rimpiangevo la Democrazia Cristiana, ma la preferivo a Berlusconi, che aveva trasformato la politica in uno show televisivo, con i suoi contratti con gli italiani, le barzellette e quel particolare di poco conto, ossia il possesso di tre canali televisivi. Per me Mani pulite era stata una sorta di golpe per farlo salire al governo, ma non potevo dirlo perché ero la figlia di Arturo Montella, e poi la sinistra difendeva a spada tratta il pool dei magistrati che ne erano stati artefici insieme a Di Pietro. Era come se, nonostante non avessi ancora vent'anni, fossi già una scoria del passato.

Giorgio fermò la macchina sotto casa mia e spense il motore. Tenendo lo sguardo dritto davanti a sé mi mise una mano sulla coscia e arrivò velocemente al mio inguine. Lo fermai, lui continuò a cercare di toccarmi, ma io glielo impedii di nuovo.

«Perché mi hai baciato prima?» mi domandò a quel punto.

«Per farmi perdonare di tutto quello che avrei detto poi» gli risposi, anche se la verità era solo che, dopo tutto quel tempo, volevo dare un bacio a qualcuno e avevo capito che lui mi trovava attraente.

«Tu non hai colpe, non sei tuo padre, e mi farebbe davvero piacere se continuassi a venire alle riunioni. Secondo me sei piaciuta anche a Gianni, non succede quasi mai, è una specie di miracolo.»

Intuii che Gianni era il vecchio comunista.

«Sono stata contenta di aver partecipato questa sera e ti ringrazio per avermi invitata, ma non fa per me, non sono allineata con voi, non sono allineata con nessuno ormai.» Feci una breve pausa e poi aggiunsi: «Avevamo fatto un patto».

Giorgio si rabbuiò.

«Ok, grazie di essere venuta allora» mi rispose con voce seria.

«Mi dispiace» dissi, scesi dalla macchina, e lui non aspettò che io entrassi nel portone, ripartì quasi sgommando.

Rispettò il nostro patto e non mi fermò più davanti a Palazzo Nuovo per vendermi il giornale, faceva anche segno ai suoi compagni di Lotta Comunista di non perorare la causa con me. Ogni volta gli sorridevo e lui mi faceva un cenno, alzando leggermente il mento. Giorgio sapeva di me molto di più della maggioranza dei miei compagni di corso, conosceva un mio segreto, avevo scelto lui per svelarlo all'inizio di quella nuova vita.

Trascorrevo la maggior parte del mio tempo all'università, tra lezioni e ore in biblioteca a correggere gli appunti e a studiare, mentre nel fine settimana bevevo tantissimo. Mio padre mi aveva sempre detto che l'alcol era una questione di testa, che solo chi non aveva una buona tenuta mentale si ubriacava. Lui però non andava mai al bar per l'aperitivo, non beveva fuori dai pasti e considerava il vino bianco a stomaco vuoto l'abitudine di persone misere o gravemente infelici. Per me diventò l'alimento principale del venerdì e del sabato sera. Frequentavo un circolo aperto da ragazzi più grandi di me che avevo conosciuto nel periodo in cui facevo parte della consulta giovanile. La loro idea originaria era creare uno spazio in cui incontrarsi, dibattere, dare voce ai valori dell'anarchia e della ribellione: erano finiti a gestire un locale in cui ci si ubriacava ascoltando i CCCP.

Iniziai ad avere gli amici del bar: persone che vedevo ogni fine settimana e con le quali condividevo bevute pantagrueliche e nient'altro. Non ci sentivamo al telefono, non uscivamo insieme per andare al cinema, ci incontravamo solo al bancone del circolo, pronti a dare il via a serate dall'esito incerto: capitava che ridessimo tutta la notte per la disavventura di uno di noi, torturando il malcapitato di turno con la stessa battuta per ore, oppure ci prendeva la sbronza malinconica, allora ballavamo a occhi chiusi, sognanti. Altre volte, invece, la serata non partiva e ci mettevamo a giocare a dadi. Io tenevo sempre i punti, perché ero l'unica che riusciva a fare i conti da ubriaca.

Qualche sera poteva succedere di provare improvvisamente desiderio per qualcuno, ma il fatto che fossimo alterati ci permetteva di non prendere neanche la voglia troppo sul serio, lasciavamo sempre un margine di incertezza, di non detto, per poter poi eventualmente sostenere che era stato tutto solo uno scherzo. Se uno dei miei compagni di sbronze mi diceva che ero bellissima, io facevo finta di niente e mi mettevo a fissare le bottiglie di superalcolici dietro il bancone, rese ipnotiche dai faretti color albicocca e lilla che le illuminavano sulle mensole. Mi isolavo e funzionava, il mio ammiratore alticcio soprassedeva.

Durante una serata di particolare baldoria, decidemmo di tagliarci i capelli a vicenda. Nic li teneva lunghi come i miei, fino a metà schiena, mentre al Vischio, che non ho mai scoperto perché venisse soprannominato così, arrivavano quasi alle spalle. In preda all'esaltazione alcolica decidemmo di "darci un taglio". Ci convincemmo a vicenda che quella era la soluzione per liberarci di tutto ciò che ci faceva soffrire o di cui eravamo comunque stufi, o forse quella sera ci annoiavamo un po' più del solito. Io portavo i capelli lunghi da sempre, e grazie ai prodotti Kerastase che mi comprava mia madre erano sani e lucidi, non avevano mai subito un trattamento chimico, mai una ciocca colorata, un accenno di permanente, un cambio di colore fai da te. Erano intonsi, fino a che non passarono per le mani titubanti del Vischio, che, dopo le prime sforbiciate, si rese conto che improvvisarsi parrucchiere non era stata una buona idea. Allora lasciò fare a Nic, il quale, volendosi dimostrare più coraggioso, recise la mia chioma di netto. Rientrata a casa, guardandomi allo specchio ancora ubriaca, pensai di assomigliare a Fantaghirò: non era un bel taglio di capelli, ma avevo comunque l'acconciatura di un cavaliere donna.

«Ludo, perché hai il berretto in testa se sei ancora in pigiama?» mi chiese mia madre l'indomani mattina quando mi presentai in cucina per fare colazione.

«Ho freddo.»

«Non dire sciocchezze, toglilo.»

Alla vista della mia nuova acconciatura le scesero le lacrime, ma non proferì parola. Andò in soggiorno e telefonò alla sua parrucchiera, che le disse che non poteva assolutamente occuparsi di me perché quel giorno il salone era tutto pieno. Mia madre mi impose comunque di vestirmi e di andare. Le ubbidii. Quando entrai nel suo negozio, Daniela, che conoscevo fin da quando ero una bambina, mi venne subito incontro.

«Ludo, non posso stamattina, l'ho già detto a tua madre, ma da quando in qua non prendete appuntamento, e poi di sabato...»

Mi tolsi il cappello e lei si zittì immediatamente, serrò la mandibola e mi fece segno di accomodarmi al lavatesta. Uscii di lì con un taglio da Marines.

La notizia giunse anche a Edoardo, che mi chiamò per prendermi in giro.

«Allora, Ludo, so che la tua nuova fase è il punk.»

«Rideresti ancora di più se mi vedessi, Daniela mi ha rasato, sembro un bambino paffuto.»

«Meglio tagliarsi da sola i capelli che un orecchio, comunque, e poi ora puoi iniziare ad andare in piscina.»

«Non sono Van Gogh, non sono pazza e non capisco cosa vuoi dire.»

«Voglio dire che, ora che hai i capelli corti, potresti dedicarti al nuoto, così magari la smetti di passare tutto il tempo in quel circolo di alcolizzati. Puoi anche venire a trovarmi qualche volta, sono felice qui.» Poi fece una breve pausa. «Mi è passata» aggiunse.

Intendeva dire che aveva dimenticato Tommaso.

Non ne avevamo mai parlato, solo una volta, da ubriaca, gli avevo mandato un messaggio in cui lo accusavo di avermi rovinato la vita, di non aver voluto che io fossi felice solo perché lui non poteva esserlo.

"Ce l'hai il coraggio di dirmi che sono un ricchione?" mi aveva risposto. "Se ce l'hai possiamo parlarne."

Non ce l'avevo quel coraggio, e lui mi mancava.

Andai a Catania poche settimane dopo la proposta di Edo. Venne a prendermi alla stazione con il ragazzo che frequentava: un tipo esile e molto basso, che gli arrivava al petto, con un'espressione dolce, ma malinconica e sfuggente. Si chiamava Corrado. Mi invitò a mangiare da sua madre, che era invece una donna altissima, o forse era vederla accanto al figlio che la faceva sembrare una gigantessa. Lei cercò di essere cerimoniosa, non capii se fosse al corrente dell'omosessualità di suo figlio, che loro stavano insieme. Mi disse che sapeva che io e Edoardo venivamo da una famiglia per bene – era da tempo che nessuno la definiva così – e che alcune cose che succedono nella vita sono molto ingiuste, per esempio a lei era morta una figlia e da allora si occupava di suo nipote. Il bambino, che avrà avuto intorno agli otto anni, mentre noi parlavamo entrava in salotto sfrecciando con il mantello di un costume da carnevale.

«Fermati, vieni a conoscere questa bella ragazza» gli diceva la nonna, ma lui correva via come un fulmine guardandomi di nascosto.

La sera andammo in un locale. Conobbi alcune amiche di mio fratello e rividi in loro lo stesso affetto civettuolo che avevano per lui le sue compagne di liceo. Capii che Edo lì stava bene. L'indomani, mentre passeggiavamo in via Etnea, mi disse che Corrado aveva intenzione di aprire un negozio d'abbigliamento e che secondo lui era un'ottima idea, visto che aveva un sacco di stile.

Gli feci notare che essere una persona elegante non era il requisito più importante per far funzionare un negozio.

«Cosa ne sai tu? Sei per caso anche esperta di commercio?» mi rispose lui stizzito.

«Se credi che la mia opinione non conti, perché me ne parli?» ribattei.

«Vorrei che mi sostenessi se papà dovesse domandarti il tuo parere o fare storie. Ho intenzione di chiedergli dei soldi per aiutare Corrado ad aprire l'attività.»

«È per questo che mi hai invitata, hai bisogno di me» commentai delusa.

«Ti chiedo solo di dirgli che qui a Catania mi hai trovato bene, che hai conosciuto Corrado e ti ha fatto un'ottima impressione. Se ti chiede di lui, raccontagli che è un mio amico.»

Gli feci notare che probabilmente papà avrebbe voluto conoscere la situazione finanziaria di Corrado, sapere quali altre attività commerciali si trovavano nella stessa zona e di che tipo...

«Lo sai anche tu com'è su queste cose» aggiunsi.

«Papà non può più dettare legge e comportarsi come se non fosse successo nulla. Con il giudice ha patteggiato, ma con me non può farlo.»

Non gli risposi, non lo misi a parte di quel che pensavo, non gli ho mai detto che la rabbia che provava per la condanna di nostro padre mi pareva solo un pretesto per fargli pagare il fatto che non accettasse la sua omosessualità. Mi dissi che se mi fossi impicciata se la sarebbe presa con me e avrebbe avuto ragione, perché era la sua vita e aveva il diritto di fare le sue scelte. Eravamo esattamente come i nostri genitori, incapaci di indicarci la strada a vicenda, imbevuti di un'idea di libertà che rischiava facilmente di diventare egoismo oppure indifferenza.

Quando mio padre mi chiese che cosa ne pensassi di "quel Corrado" gli dissi che mi era sembrato una persona molto elegante. Del resto, temendo che io aggiungessi delle informazioni sul tipo di relazione che aveva con Edo, lui chiuse rapidamente la conversazione informandomi che aveva acconsentito alla richiesta di mio fratello e di aver investito a fondo perduto dieci milioni di lire nel negozio del suo amico, che si sarebbe chiamato "Beverly Hills - Catania Solo Andata". Aggiunse, come per giustificarsi, che comunque per far fallire un'attività commerciale nel settore dell'abbigliamento bisognava essere veramente degli incapaci.

Il risultato fu che dopo aver ricevuto quei soldi Edo smise di telefonare. Ci scriveva solo delle cartoline che arrivavano a casa circa ogni due settimane. Erano sempre immagini dell'Etna: con la cima innevata, o traboccante di lava, con il cratere avvolto da una spessa nuvola di fumo. Anche il testo si differenziava di poco: "Ciao da Edo", "Saluti, Edo", solo due volte ricevemmo "Abbracci da Edo". Mio padre continuava ogni mese a versargli dei soldi sul conto, ma non sapevamo se avesse lasciato l'appartamento in affitto dove lo aveva accompagnato quando si era immatricolato all'università e si fosse trasferito altrove. Molto probabilmente, però, era con Corrado, per questo i miei genitori evitavano di farsi ulteriori domande. Nostra madre riponeva le cartoline in ordine di arrivo nello spazio tra il forno a microonde e il cesto della frutta: ci capitava di prenderle ogni tanto e di riguardarle, increduli di fronte all'evidenza che la vita di Edo, per quel che ne sapevamo, era una lunghissima villeggiatura.

Rientrò a casa un anno e mezzo dopo. Non me lo disse, ma capii che era tornato a Torino perché con Corrado era finita. Non ci raccontò che cosa avesse fatto in quel periodo, anche se risultò chiaro, proprio perché non ne parlò, che non aveva dato esami né si era trovato un lavoro. Non aggiornò papà sui risultati del suo investimento, non abbiamo neanche mai saputo se Corrado lo avesse aperto davvero quel negozio. Del resto, nostro padre non gli fece domande, non gli chiese conto di nulla, gli disse solo che esigeva, se Edoardo voleva vivere in casa sua, che si tagliasse i capelli. Mio fratello non si oppose, accettò quella richiesta, per me incomprensibile, come se fosse un dazio da pagare per mantenere intatto lo strato di silenzi e apparenze che c'era fra loro.

Quando andai a prenderlo all'uscita dal negozio del barbiere, lo trovai in lacrime.

3

I capelli corti gli facevano risaltare il naso, a me era sempre piaciuto che fosse così vistoso ma dritto, e Edoardo non aveva mai avuto complessi in proposito, ma rimpiangeva la sua chioma perfetta e detestava tutto quello che la sua vita era diventata dopo il ritorno da Catania.

Aveva chiesto a papà di aiutarlo a trovare un lavoro e lui gli aveva fatto avere un colloquio in una concessionaria d'auto. A differenza di quanto sosteneva mio fratello, non l'aveva fatto per umiliarlo, ma per spingerlo a riprendere gli studi: nostro padre pensava che, di fronte alla noia di quell'impiego, Edo si sarebbe convinto che era meglio finire l'università. Invece superò il colloquio e si mise a vendere macchine, nonostante non gli piacesse e non sopportasse di avere degli orari fissi da rispettare tutti i giorni. Riscriversi a Torino avrebbe comportato assecondare un desiderio di papà e poi dover subire le sue domande sull'andamento dello studio e sugli esami. Edo preferiva un lavoro qualsiasi piuttosto che sottoporsi a quel controllo. Il suo stipendio da venditore junior, però, non gli bastava per comprarsi tutti i vestiti che voleva, gli orologi, le scarpe nuove, quindi continuava a chiedere soldi a nostro padre. Lui glieli dava, senza discutere, via via sempre più triste e deluso.

Negli anni in cui era stato a Catania avevo avuto molta nostalgia di lui, ma vivere di nuovo con Edo non fu come tornare indietro nel tempo, come essere di nuovo solo noi due con Rosa, insieme in un guscio che ci proteggeva dal resto del mondo e ci preparava allo stesso tempo ad affrontarlo. Edoardo era geloso dei miei successi universitari. Mio padre aveva l'abitudine di comprare i pasticcini ogni volta che prendevo trenta e lode, quindi quasi a tutti gli esami che sostenevo: la prima volta che lo fece in presenza di Edo, fu tutt'altro che una festa. Quando mio fratello capì che quei dolci erano in tavola non per un compleanno o un anniversario di cui si era dimenticato, ma per celebrare il mio risultato in economia politica e i complimenti del professore, si girò verso di me e mi sorrise con commiserazione.

«Certo, festeggiamo tutta questa intelligenza inutile, vero? Da quant'è che non sei felice? Da quant'è che non scopi, Ludovica? Però brindiamo, dài, alla tua vita sprecata. Salute!»

«Edoardo, non usare questo linguaggio» intervenne mio padre. «Credi che per cullare meglio i tuoi fallimenti dovremmo tacere i successi di tua sorella?» Con la scusa di difendermi, non perdeva mai occasione per fargli notare la sua delusione.

«Lo sai che tua figlia per essere alla fantomatica altezza dei Montella si è dimenticata di avere ventidue anni? Ludovica sa solo studiare, ma non sa vivere, perché non trova le istruzioni su come fare nei libri. Se pensi che io sia geloso della sua esistenza da vecchia ti sbagli di grosso.»

Edoardo si alzò da tavola dopo aver fatto precipitare un intero bignè allo zabaione nel suo bicchiere pieno di Franciacorta.

Mi scesero le lacrime, probabilmente era anche la tensione accumulata quel giorno all'esame. Vedendomi piangere, mio padre mi disse che se mi lasciavo abbattere per così poco allora aveva ragione Edoardo a dire che non sapevo vivere. Si alzò anche lui da tavola e io rimasi seduta al mio posto a fissare la credenza della cucina. Mentre guardavo i vetri smerigliati e gli intarsi che decoravano gli sportelli di legno pensai che quella casa, con Edoardo e mio padre in conflitto perenne, non era più un rifugio per me. Mia madre non c'era quasi mai e quando c'era si guardava bene dal trovarsi in presenza di entrambi: l'astrologia del resto le aveva chiaramente mostrato che quei due erano la causa di tutti i suoi mali. Io, al contrario, li consideravo ancora le persone più importanti della mia vita, col risultato che finivo per stare sempre in mezzo alle loro frecciatine e poi, alla fine, a dover parare i colpi dell'uno e dell'altro.

All'università avevo iniziato a frequentare il seminario di filosofia politica, che era la materia in cui volevo laurearmi. Era stato il professor Ferruccio, che mi aveva proposto di fare la tesi con lui dopo aver sostenuto il suo esame, a suggerirmi di seguire quegli incontri destinati ai dottorandi, facendomi intendere che quello sarebbe stato il mio sbocco naturale dopo la laurea.

Fu lì che vidi per la prima volta Benedetto Cerri, era stato invitato come visiting professor. Arrivai leggermente in ritardo alla sua lezione e lo superai con discrezione mentre lui aveva già iniziato a parlare. Indossava una camicia con le maniche arrotolate e ricordo di aver notato, passandogli accanto, il suo avambraccio snello ma muscoloso, la sua pelle leggermente abbronzata, i peli biondicci: ma non osai guardarlo in faccia andandomi a sedere. Poi, da quella posizione privilegiata dalla quale non solo potevo, ma dovevo fissarlo mentre spiegava, notai che era alto e aveva gli occhi piccoli ma di un azzurro perfetto.

Benedetto insegnava all'Università di Firenze, aveva un aspetto giovanile, ma dimostrava comunque la sua età: quasi una cinquantina d'anni. Quel giorno tenne un seminario sul conflitto tra la libertà dell'individuo e i suoi doveri nei confronti dello Stato. Lo ascoltai incantata, prendendo appunti forsennatamente.

Dopo la sua lezione, il professor Ferruccio insistette affinché andassi a mangiare la pizza con loro e una decina di altre persone. A tavola erano tutti intenti a conquistare l'attenzione di Benedetto, che invece quella sera non fece che guardare me. Ne fui lusingata, mi attirava il suo potere, il modo in cui dominava la conversazione, ero contenta che quell'uomo così importante continuasse a coinvolgermi nello scambio, chiedendo la mia opinione. Mi eccitarono i sorrisi e i suoi sguardi, che sembravano dire che io custodivo un segreto, che ero diversa, migliore di tutti gli altri.

Quando uscimmo dal ristorante, si avvicinò approfittando di un momento in cui stavo camminando da sola.

«Il collega mi ha detto che sei bravissima, una promessa della filosofia politica di Palazzo Nuovo.»

«Non mi fido delle promesse del destino, non sempre le mantiene» gli risposi istintivamente.

«Fallo tu per lui, allora, sii fedele a te stessa» ribatté senza esitare.

Gli sorrisi. La sua sicurezza mi faceva sentire a mio agio e continuavo a percepire un'attrazione magnetica che mi emozionava, ma senza spaventarmi: lui era potente, ma io ero giovane.

«Mi piacerebbe invitarti a pranzo domani, prima di ripartire per Firenze» aggiunse.

«Va bene» dissi contenta.

«C'è un ristorante in cui vorresti andare, uno di quelli in cui i tuoi coetanei non possono permettersi di portarti?»

«Certo, più di uno.»

«Bene, Montella. Questo è il mio numero, aspetto una tua telefonata intorno alle dodici. Prenota dove vuoi.» Con una faccia sorniona mi diede il suo biglietto da visita e si riavvicinò al gruppo degli altri studenti e a Ferruccio.

Per il nostro appuntamento all'Arcadia, sotto la galleria Subalpina, scelsi uno degli abiti che mia madre acquistava per me senza neanche farmeli provare. A volte me li mostrava quando rientrava a casa, tirandoli fuori frettolosamente da una delle tante buste, come se non potessi comunque capirne la bellezza, nemmeno vedendoli. Spesso li metteva nel mio armadio senza dirmi di averli comprati. Il pantalone in misto lana e seta che scelsi per quel pranzo faceva parte degli acquisti che non meritavo di visionare. Sopra misi un body di Patrizia Pepe che sembrava una camicetta, univa l'eleganza a una sensualità da collegiale che mi sembrava perfetta per l'occasione.

Quando lo vidi, mi colpì di nuovo la sua altezza. Mi aspettava fermo davanti alla porta del ristorante, guardandomi con i suoi occhi azzurri, leggermente infossati sotto una fronte prominente. Gli sorrisi. Era magro e i pantaloni, nonostante la cintura, gli facevano un leggerissimo difetto dietro, tipico di quando i culi già piccoli e snelli iniziano a invecchiare e non trovano nessun modo per riempire quella fascia di stoffa tra le natiche e il punto vita. Mi soffermai solo un istante su quel particolare, mentre Benedetto mi precedeva nel ristorante, con l'andatura di chi ignora qualsiasi suo limite.

Mentre pranzavamo non potei fare a meno di fissare

di nuovo i suoi avambracci, lui lo notò e smise di dissimulare i suoi sguardi sul mio seno, accompagnandoli con un'espressione di sfida. Aveva la barba mezza bionda e mezza bianca, i denti piccoli e venticinque anni più di me. Quando mi alzai per andare in bagno per la terza volta solo per sbirciare se mi avrebbe di nuovo fissato in quel modo, dal culo fino al viso e non il contrario, mi seguì. Camminava dietro di me, talmente vicino che ogni tanto mi sfiorava e, quando accadeva, sentivo la voglia che mi dava la scossa. Entrò con me nel bagno delle donne, poi nella toilette. Mise entrambi i palmi sulla porta e mi chiuse lì in mezzo, fra le sue braccia, il suo corpo e il cesso.

«Non ti scopo la prima volta in un bagno, avremo tempo per questo.»

Mi prese i capelli corti fra le mani, mi guardò dentro gli occhi.

«Ho sempre preferito i capelli lunghi ma i tuoi mi piacciono, tanto.»

«Perché?» chiesi io con poca voce, vinta.

«Perché sono veri.»

Mi sorrise e uscì dal bagno, senza il minimo tentennamento di fronte alla possibilità che fuori ci fossero delle donne che avrebbero potuto chiedergli conto della sua presenza lì.

Mi abbassai i pantaloni e, attenta a non toccare la tazza, feci la pipì fissando la parete e insieme il mio futuro, che per la prima volta dopo tanto tempo mi sembrava di nuovo una strada aperta di fronte a me.

Venne a Torino il fine settimana successivo, poi quello dopo e quello dopo ancora. Prendeva sempre una stanza in un albergo in piazza Carlo Felice, passeggiavamo sotto i portici, andavamo nei locali, al ristorante, ma io non riuscivo a mettere a tacere il timore di incontrare mio padre o qualcuno che lo conoscesse. Benedetto non capiva le mie remore. Per lui Arturo Montella era colpevole di aver fatto parte di un sistema che aveva ridotto al silenzio le istanze di ribellione e di trasformazione politica degli anni Settanta a suon di patti con il malaffare, dalla CIA alla mafia. Non aveva nessuna fiducia nel nuovo scenario politico, detestava Berlusconi, ma era fermamente convinto che mettere un freno al disastro della Prima Repubblica era stato necessario, anche se poi le cose erano sfuggite di mano e i magistrati avevano cercato invano di far crollare il leader di Forza Italia a suon di processi. Dal suo punto di vista, mio padre non meritava in alcun modo di essere salvaguardato, perché era un reazionario e, più in generale, io non dovevo preoccuparmene: per Benedetto, da buon ex sessantottino, i genitori erano degli ostacoli da superare lasciandoseli alle spalle a vent'anni, senza mai più guardarsi indietro. Per lui l'unico problema della nostra relazione era che per vedermi doveva spostarsi sempre, inoltre non amava stare in albergo, perché non poteva cucinare. Mi chiese di trasferirmi a Firenze dopo due mesi dal nostro primo incontro.

«Hai solo altri quattro esami da dare e puoi sostenerli da non frequentante senza alcuna difficoltà. Qui non hai una casa tua, mentre io ho tantissimo spazio nella mia e poi Firenze è bellissima. Se non lo fai per me, fallo per il Brunelleschi» sosteneva con quell'orgoglio tipico dei fiorentini, canzonatorio.

Io ero curiosa di andarmene da Torino verso latitudini più miti, dove la luce inizia a essere diversa, più mediterranea, e avevo voglia di lasciare la mia cameretta e l'atmosfera di tensione costante che c'era a casa. Soprattutto non volevo più fare parte del triangolo scaleno di cui io, mio fratello e nostro padre costituivamo i tre lati sghembi.

Quando entrai per la prima volta a casa di Benedetto ebbi la sensazione di trovarmi in un'altra versione della grande storia della borghesia italiana. A differenza di casa dei miei, la sua non era arredata secondo uno stile classico ed elegante, ma moderno ed elegante, con molti pezzi di design e un enorme divano bianco, unico mobile del salotto insieme a un tavolo di vetro. Tutto era ampio o voleva sembrare tale.

Esattamente come mio padre, Benedetto possedeva una libreria sconfinata e in molti casi i libri coincidevano: la storia di Mussolini scritta da Renzo De Felice, i saggi di Marcuse in edizione Einaudi. Poi, ovviamente, c'erano notevoli divergenze. Mentre papà aveva la biografia di De Gasperi, lui aveva tutte le opere di Bakunin. Del resto, Benedetto e mio padre erano stati due facce della stessa medaglia: avevano partecipato al '68, uno da democratico cristiano e l'altro da comunista, erano diventati due potenti uomini borghesi, solo che mentre il potere di Arturo Montella era crollato con Mani pulite, quello di Benedetto non era stato mai intaccato e lui, da professore ordinario, ignorava cosa significasse muoversi nel mondo come una stella caduta. Benedetto era il perfetto rappresentante di coloro che mio padre definiva "gli intellettuali di sinistra", colpevoli, a suo parere, di non aver mai voluto davvero sporcarsi le mani con i problemi del proletariato: «Si riempiono la bocca di quella parola, teorizzano, ma in che modo sono d'aiuto?» si infuriava ai tempi delle nostre discussioni politiche. Lui usava, invece, l'espressione "la povera gente". Si riferiva così alle persone che per anni avevano fatto la fila davanti al suo ufficio per avere un lavoro, un aiuto, anche solo una promessa.

Ne avevamo discusso molte volte, e mio padre mi aveva

messa in guardia, non tanto perché temesse che mi sarei fidanzata con uno di loro, quanto perché voleva evitare che io stessa diventassi un'intellettuale di sinistra. Invece ero finita nella casa del nemico e in quel terratetto nel quartiere di San Frediano mi ci sentivo al sicuro, molto più di quanto non accadesse ormai a casa nostra.

Per primo lo dissi a Edo, che fu l'unico a dimostrarsi contento di quella relazione: non gli sembrava vero che io stessi facendo qualcosa di così strano, qualcosa che avrebbe messo a repentaglio il rapporto con nostro padre, la sua stima nei miei confronti. Mi disse addirittura di essere fiero di me, e la sua eccitazione mi inquietò: papà sarebbe stato contrario almeno in egual misura.

A mia madre lo raccontai un giorno in cui andai a prenderla al lavoro, facendo la strada verso casa insieme. Reagì con la sua solita incomprensibile abilità nel fronteggiare gli imprevisti, si mise addirittura a ridere, poi mi chiese che tipo di uomo era, se fosse visibilmente vecchio o se portasse bene i suoi anni. Dopo che glielo descrissi restò in silenzio per qualche secondo, con un'espressione pensosa.

«Mi dispiace che tu debba sostituire tuo padre perché lui non è stato all'altezza del suo ruolo dal punto di vista affettivo, ma sono contenta che tu stia finalmente esprimendo la tua sofferenza.»

«Io non sto soffrendo...» Cercai di spiegarle che, al contrario, mi sentivo sollevata, ma mi interruppe, sorridendo compassionevole.

«L'importante è che tu sia sicura di quello che stai facendo» aggiunse accondiscendente.

«Lo sono e ho intenzione di andare a vivere con lui a Firenze.»

Annuì leggermente, come se se lo aspettasse.

«Allora devi parlarne con tuo padre» concluse.

«Lo faccio stasera.»

«Papà.»

«Dimmi, Ludo.» Fu l'ultima volta che mi chiamò così.

In piedi accanto alla poltrona su cui era seduto, gli dissi che avevo una relazione con un professore universitario fiorentino e che avevo intenzione di andarci a convivere.

Non si voltò verso di me, spense il televisore ma mantenne lo sguardo sullo schermo.

«Quanti anni ha?»

«Quarantasette.»

Erano solo cinque in meno di quelli che aveva lui.

Il suo viso si riempì di rabbia ma rimase immobile.

«Si tratta di una vendetta, Ludovica? O di un dispetto da ragazzina? Credi che quest'uomo stia con te per le tue doti intellettuali o perché ti vuole bene?» A ogni domanda il tono della sua voce si alzava, il respiro si faceva più affannoso. «Vuoi punirmi? Sei diventata come tua madre?»

«Non gira sempre tutto intorno a te, papà» gli dissi stranamente calma. Lo pensavo davvero. Prima per via della politica e poi per il fatto che non poteva più farla, la vita della nostra famiglia aveva sempre ruotato solo intorno a lui, ma non lo avevo mai capito prima di quella sera.

«Bene, se è così, vai pure. Esci di casa adesso, però» disse, riaccendendo la tele.

Avvisai Benedetto, mi rispose che avrebbe telefonato in agenzia l'indomani e mi avrebbe fatto emettere il biglietto del treno per raggiungerlo. Feci la valigia come se dovessi stare via solo qualche giorno.

Mia madre non venne neanche a salutarmi, non era stata presente alla discussione tra me e mio padre, si era chiusa in camera subito dopo cena, consapevole che stava per avvenire un altro sconquasso che non avrebbe potuto evitare.

«Dove stai andando?» Edoardo mi raggiunse nella mia stanza.

«Vado da Mariella. Dormo da lei stanotte e domani parto.»

«Ti accompagno io.»

Approfittai della sua disponibilità, anche se mi disturbava la sua evidente esaltazione per quello che stava accadendo. A Edo piacevano le storie scapigliate e di sicuro era divertito dai risvolti imprevedibili di quella situazione, ma pensavo che, soprattutto, fosse felice perché per la prima volta ero io la vergogna di nostro padre.

L'inizio della vita a Firenze fu esaltante, percorrevo la città a piedi o in bicicletta e tutta quella bellezza, la meraviglia del duomo, la luce sul fiume mentre pedalavo verso il parco delle Cascine erano il mio nutrimento quotidiano e la mia consolazione, facevano scomparire ogni dubbio. Smettevo di pensare a mio padre, all'università e al futuro appena il sole tramontava sull'Arno, proprio davanti ai miei occhi, e lasciavo che quella perfezione mi incantasse.

Anche il fascino di Benedetto rimase intatto per mesi ai miei occhi, lui riuscì a preservare il perfetto equilibrio tra il prendersi cura di me e un certo distacco, dato dalla sua posizione di potere.

Appena mi trasferii a casa sua mi sembrò che l'unica regola in vigore fosse quella della libertà: mangiavamo quando ne avevamo voglia senza rispettare gli orari convenzionali, c'erano settimane in cui andavamo tutti i giorni al ristorante e altre in cui stavamo in casa a dedicarci alla preparazione di conserve di pomodoro, melanzane, zucchine, come se potessimo essere due studiosi e due contadini nel corso della stessa giornata, con la stessa verità. Seduti per terra nella sua cucina minimal ed estremamente tecnologica per quei tempi, pulivamo i pomodori uno a uno parlando di attualità, di politica, degli argomenti che aveva affrontato quel giorno a lezione. Nei momenti di massima foga intellettuale, mi baciava con impeto come se quella intesa potesse trasferirsi direttamente dalla mente al sesso. All'inizio funzionava, l'eccentricità della situazione e la sua intelligenza bastavano a farmi venire la voglia. Presto però quel meccanismo iniziò a vacillare, e fece capolino in me un accenno di fastidio per le smagliature sul suo ventre, il molare mancante dell'arcata superiore destra, la pelle dell'incavo del braccio visibilmente sgranata. Durava solo un istante, ma era il segno che il mio istinto stava piano piano riprendendo il suo posto, facendomi passare la voglia di scopare con un uomo di quasi cinquant'anni.

Benedetto lo capì subito e per questo, non potendo assicurarmi una vita sessuale all'insegna della passione, virò sulla tecnica. Almeno una volta alla settimana mi garantiva un orgasmo clitorideo, e non falliva mai la sua missione, e io lo assecondavo quando lui voleva fare l'amore, anche se con sempre minore slancio.

Finii gli esami e dovetti dedicarmi alla tesi.

Il professor Ferruccio non era stato affatto contento della mia scelta di trasferirmi a Firenze, né tanto meno della mia relazione con Benedetto. Ferruccio era ultrasessantenne, sembrava anche più vecchio rispetto alla sua età ed era un uomo d'altri tempi. Aveva una stima sincera per le mie capacità e la mia serietà nello studio, questo mi ripeteva sempre, e mai, neanche una volta, avevo percepito che il suo interesse per me fosse di natura erotica.

Quando lo chiamai per iniziare a pianificare con lui il lavoro, mi disse che capiva che la gioventù a volte irrompe e come un vento fortissimo può spazzare via tutta la mitezza, il buon senso di cui una persona come me aveva dato prova. Lui aveva fiducia nelle mie abilità, era certo che avrei saputo scrivere un'ottima tesi e che Cerri, lo chiamò solo per cognome, lo avrebbe sostituito nel darmi i consigli di cui avevo bisogno. Mi fece anche capire, però, che la mia scelta comportava delle conseguenze. Non avrei avuto, a Torino, un posto di dottorato garantito come sembrava essere scritto nel mio destino fin dal primo anno di università.

«Vedrà, avrà altre occasioni, del resto non credo che le mancheranno i giusti contatti per far fruttare le sue ottime qualità» mi rispose quando cercai di fargli capire che non avevo deciso ancora nulla rispetto al dottorato e all'università in cui farlo. Avrei anche voluto dirgli che non lo avevo consapevolmente tradito, ma la nostra relazione non prevedeva questo tipo di confidenza, né che io avessi la possibilità di decidere: così come mi aveva scelta come tesista e pupilla quando mi aveva conosciuto, adesso aveva stabilito che non lo ero più. Non fu scorretto, però, non mise mai in discussione il suo ruolo di relatore della mia tesi, ma mi lasciò completamente sola nella progettazione e poi nella fase della redazione.

Benedetto mi disse che non avevo niente di cui preoccuparmi, che il professor Ferruccio, Giovanni lo chiamò lui, era solo un po' geloso che lui si fosse portato via la sua migliore studentessa: tutto sarebbe andato per il meglio, l'importante era che facessi un buon lavoro finale. Tuttavia non si offrì di aiutarmi, aveva molti tesisti e tesiste da seguire che gli sottraevano, a detta sua, un sacco di tempo, e credo che la sola idea di averne un'altra in casa lo facesse rabbrividire. Si interessava alla mia ricerca solo se gli facevo delle domande e comunque mi rispondeva frettolosamente: «Se proprio vuoi ampliare la bibliografia leggi il saggio che ho scritto sulle promesse non mantenute della democrazia, cerca lì».

Quando avevo deciso di andare a vivere con lui, avevo dato per scontato che quella scelta avrebbe giovato alla mia carriera, invece non sembrava affatto così, anzi, ero sicura che se Ferruccio avesse trovato tracce del lavoro di Benedetto nella mia tesi, me l'avrebbe fatta pagare cara.

Avevo ottenuto ottimi risultati accademici senza l'aiuto di nessuno fino ad allora, quindi cercai di continuare a farlo. Non mi dedicai a nient'altro che alla tesi. Quando non avevo voglia di restare sola a casa, andavo con Benedetto in università, ma appena arrivati mi chiudevo nel suo studio e non uscivo fino a che non dovevamo rincasare. Mi portava lui da mangiare, un pezzo di schiacciata o un panino al lampredotto. Si preoccupava sempre che non saltassi i pasti, che mi nutrissi e lo divertiva che avessi una passione smodata per la trippa fiorentina. Era un bravissimo cuoco e aveva imparato senza sforzo a preparare i miei dolci preferiti: a volte faceva il babà, altre il millefoglie con la crema, addirittura la domenica si dilettava a preparare i cannoli, non solo il ripieno ma anche la cialda.

Il sabato mi prendeva il giornale con l'inserto che mi piaceva leggere e cercava sempre di convincermi a fare shopping, ma io non volevo: spendere i suoi soldi mi faceva sentire a disagio. Così iniziò a comprarmi lui delle cose. Acquistò per me una scrivania di vetro stupenda su cui studiare quando stavo a casa, quaderni di carta pregiata, profumi costosi fatti con essenze naturali. Tentava di rimediare al fatto che, a causa della nostra relazione, non ci fosse più nessuno della mia famiglia che si occupasse di me.

Spesso era lui a insistere affinché frequentassimo i locali di quella che definiva la *rive gauche* fiorentina, bevendo Negroni. Non ho mai capito se quell'aspetto giovanile della sua personalità fosse reale o solo il risultato dei suoi sforzi di colmare il divario fra noi.

I bibliotecari, le sue colleghe, gli amici si sforzavano di guardarmi con simpatia e in parte ci riuscivano, ma rimaneva sempre una traccia di sbigottimento: per non bollare me come un'arrivista e il loro amico come un approfittatore, sospendevano il giudizio, ma ogni tanto li sorprendevo a fissarci per qualche secondo con gli occhi sgranati. E anche se non dicevano nulla, io sentivo forte e chiaro il loro: "Perché?".

Con una coppia di sue amiche le cose andarono diversamente: Silvia era una psicoterapeuta e Daria era stata sua paziente, prima di diventare la sua amante e poi la sua convivente. Anche la famiglia di Daria l'aveva ripudiata, prima di tutto perché era lesbica e poi perché stava con Silvia, che non poteva essere una persona come si deve se aveva approfittato del suo ruolo di terapeuta per sedurla.

Era questo che univa me e Daria, il fatto di subire gli sguardi della gente se ci davamo un bacio in pubblico con i nostri compagni e soprattutto di essere state cacciate di casa per una scelta d'amore, o di quello che credevamo fosse tale. Silvia e Benedetto erano amici dai tempi del liceo. Ci frequentavamo spesso, uscivamo in quattro, andavamo al ristorante, al cinema e in quelle occasioni non mi sentivo meno strana, ma di certo meno sola.

Andammo anche al loro matrimonio, che all'epoca, ovviamente, non aveva alcun valore legale. Sulla terrazza di un amico di Silvia, un americano straricco che si era trasferito a Firenze stregato dalla bellezza della città, un'altra loro amica, docente di antropologia alla San Francisco State University, officiò un rito che prevedeva una sputata di whiskey in faccia a ognuno di noi, spose comprese, una serie di formule in lingue sconosciute e infine una sorta di danza circolare a cui partecipammo tutti senza capirne né il senso né i passi. Alla fine di quel misterioso rituale, Silvia e Daria risultarono sposate. L'officiante, poi, si addormentò sul pavimento del terrazzo di quella meravigliosa casa sul lungarno, saldamente abbracciata alla bottiglia da cui aveva bevuto per benedirci. Evidentemente la maggior parte dei sorsi li aveva ingoiati.

4

Avevo iniziato a vestirmi come una signora elegante, con mantelle nere e pantaloni con la piega, non indossavo mai i jeans, ma sempre delle scarpe senza tacco. Mi stavo facendo crescere i capelli e avevo un caschetto lungo, perfettamente adeguato alla mia nuova identità di donna sofisticata.

Mia madre mi disse di aver provato a convincere mio padre ad accogliere me e Benedetto per il pranzo di Natale, ma che era stato inutile. Era il secondo anno di fila che ricevevo la stessa risposta. Avrei potuto andarci da sola, era questo il compromesso che mi veniva offerto e che, ovviamente, non potevo accettare: mio padre pagò la retta dell'ultimo anno di università, ma era Benedetto a mantenermi.

Per consolarmi, due settimane prima di Natale mi propose di andare con lui a un convegno a Venezia, avremmo alloggiato in un bellissimo albergo e io avrei potuto visitare la città. Arrivammo in hotel verso le sette di sera, i due giovani alla reception sembrarono non notare la nostra differenza di età, o forse erano solo molto professionali e abituati alle stranezze dei clienti. Quell'accoglienza mi mise di buon umore e fui entusiasta alla vista delle rotelle di liquirizia in una ciotola di vetro accanto all'ascensore. Sono le mie caramelle preferite.

Chiesi a Benedetto che cosa avrei dovuto indossare per la cena con il suo collega e la moglie: gli mostrai due diversi modelli di vestiti da donna adulta. Uno verde a fiori e un altro nero. Commentò entrambi con grande entusiasmo, ma io scartai quello colorato: era in qualche modo eccentrico e avrebbe aumentato il senso di inadeguatezza che mi faceva da cappello ogni volta che mi trovavo in situazioni del genere.

Nell'ascensore mi sbirciai nello specchio ma solo brevemente, mentre Benedetto si osservò a lungo, concentrandosi sulle borse sotto gli occhi che dalla fine dell'estate non lo avevano più abbandonato. Quando si rese conto di aver indugiato troppo nella contemplazione delle sue rughe, mi guardò imbarazzato e subito cercò di fare una battuta: «Pensi che io sia diventato buco?» mi chiese, scoppiando a ridere.

No, non credevo affatto che fosse diventato omosessuale, pensai che era stanco e che evidentemente quella cena metteva un po' in agitazione anche lui, sebbene non per le mie stesse ragioni. Il suo ex collega fiorentino, che era sicuramente al corrente del fatto che Benedetto se la faceva con una studentessa, si mostrò particolarmente accogliente, mentre la moglie parve infastidita e mise su un ghigno sardonico che le rimase in faccia per tutta la serata.

«Ludovica, so che studi sempre e con profitto. Che carriera vorresti intraprendere dopo l'università?» mi chiese lui a un certo punto. La sua era una domanda normale, ma non sapevo se avrei dovuto rispondere come a un amico o come a un professore. Optai per la seconda.

«Vorrei fare il dottorato e poi proseguire con degli assegni di ricerca. Insomma, la carriera accademica.»

«Hai le idee piuttosto chiare, bene! E su quale tema vorresti lavorare?»

Benedetto mi guardava fiero, come avrebbe fatto mio padre, che invece da tempo era all'oscuro dei miei progetti per il futuro.

«Credo sulle migrazioni. Oltre a essere una delle questioni geopolitiche più complesse e urgenti, sono un'opportunità di sviluppo, specie per l'Italia che inizia a conoscere una decrescita demografica seria.» Con la coda dell'occhio vidi Benedetto annuire, si sentiva rassicurato quando davo prova della mia intelligenza in pubblico. Proseguii: «Vorrei dimostrare che abbiamo bisogno dell'immigrazione, il nostro sistema sanitario e previdenziale produce costi pubblici molto elevati e...».

«Oddio come sei seria!» mi interruppe la donna. A differenza di suo marito, lei mi guardava con disprezzo.

«Alla tua età dovresti pensare un po' anche alle vacanze, ai vestiti. Ai ragazzi, ecco a cosa dovresti pensare: ai ragazzi.» E mentre lo diceva fissava Benedetto, che a sua volta sosteneva i suoi occhi provocatori, decorati perfettamente dall'eyeliner.

«Ludovica può pensare a quello che vuole» le rispose leggermente stizzito.

Percepii fra di loro qualcosa che tra me e Benedetto non esisteva più da un po': tensione sessuale. Mi convinsi che in passato avessero scopato e la cena divenne improvvisamente interessante. Iniziai a fissare il marito di quella donna, i baffetti brizzolati, giusto al limitare del labbro, tagliati con cura ogni mattina, il ventre gonfio di chi mangia troppo e non se ne preoccupa. Provai ribrezzo per lui e un'alternanza di compassione e di rabbia nei confronti della moglie, che guardava Benedetto e lo voleva, mentre lui non avrebbe mai rinunciato al mio corpo di ventitreenne per tornare sui suoi passi, da lei.

Io non ero come loro, quello spettacolo di desideri sovrapposti e frustrati mi diede un senso di liberazione: ero immersa nella vita adulta, ma la sostanza di cui ero fatta, la giovinezza della mia pelle soda e le mie speranze intatte facevano la differenza, una parte di me era inevitabilmente indenne a tutta quella decadenza. Guardai Benedetto e il mio non fu uno dei soliti sguardi da ragazzina, quelli a cui era abituato. Come sempre non si spaventò, ma si sorprese.

In camera, quando rientrammo, non provò a fare l'amore, era troppo furbo per ignorare che una mossa del genere avrebbe potuto indurmi a porgli delle domande sui suoi trascorsi con quella donna e che ne sarebbe scaturita una disarmonia. Qualsiasi cambio di frequenza rispetto a quella abituale lo gettava nello sconforto, preferiva di gran lunga far finta che i problemi non esistessero, continuare a sorridere fino all'attimo prima dello scoppio di un litigio, che comunque avveniva solo quando era proprio inevitabile.

Io accesi la tv. Davano il film *Elizabeth*. A Firenze non guardavamo mai la televisione, era un'abitudine che Benedetto detestava, avrebbe intaccato la nostra intelligenza e ci avrebbe resi complici del potere di Berlusconi. Anche per questo, perché aveva il sapore di una trasgressione, mi piacque tanto stare in quel letto, pieno di cuscini, a godermi la storia di una regina che per salvarsi la vita uccideva i suoi nemici.

Benedetto andò al convegno la mattina presto e io feci colazione da sola, mangiai un paninetto col prosciutto invece delle solite fette biscottate, per festeggiare quel senso di libertà che mi era rimasto addosso dalla sera precedente. Seduti al tavolo accanto al mio, due uomini in giacca e cravatta commentavano insieme dei documenti, uno avrà avuto poco più di quarant'anni e l'altro non ancora trenta. Normalmente evitavo di assecondare gli sguardi degli uomini più giovani di Benedetto, mi sembrava un atto di grande slealtà, come ammettere al gioco qualcuno che di sicuro avrebbe vinto, con il quale non ci poteva essere una giusta competizione. La sera prima, però, avevo capito che il mio tentativo di dimostrarmi innocente a tutti i costi, mortificandomi con vestiti accollati e colori sobri, era ridicolo. Ero compromessa, convivevo con un uomo molto più grande di me, un professore universitario che insegnava la materia in cui io stavo per laurearmi e aveva ragione mio padre: Benedetto stava con me solo perché ero giovane. Tanto valeva esserlo davvero.

Ricambiai lo sguardo di quel ragazzo e poi il suo sorriso, quando lui e il collega si alzarono per andarsene. Aspettai ancora un po', presi un altro caffè e poi uscii anche io. Appena fuori dall'hotel vidi l'Arsenale, meraviglioso, e poi la laguna, il mare. Camminai, attraversai ponti e calli, estasiata, quindi decisi di comprarmi qualcosa: scelsi un paio di collant colorati, all'inizio mi erano sembrati da ragazzina, ma in realtà erano semplicemente adatti alla mia età. Li indossai subito, nel negozio, e rientrai in albergo quasi saltellando, felice delle mie gambe sgargianti.

Alla reception il giovane uomo che avevo incontrato a colazione stava chiedendo informazioni sulla palestra dell'albergo. Quando mi vide entrare ringraziò frettolosamente e si mise accanto a me in attesa dell'ascensore. Mi girai leggermente per sorridergli e lui fissò contento le porte che si aprivano.

«Vuoi uscire con me stasera?» mi chiese appena si richiusero.

«Non posso» sussurrai.

«Immaginavo.»

Annuii.

«Vuoi venire in camera con me adesso?» gli proposi.

Non conoscevo vie di mezzo tra l'innocenza e la spregiudicatezza, non avevo avuto modo di impararle.

Mi seguì senza dire niente nel corridoio, oltrepassammo la serie di porte tutte uguali fino a che non aprii quella della nostra stanza, mia e di Benedetto.

Nella penombra, con la sola luce della strada che entrava dalla finestra, mentre ancora la porta si chiudeva alle nostre spalle, mi premette contro la parete dell'ingresso, abbassò i miei collant e i suoi jeans ed entrò dentro di me. Restò solo qualche minuto, muovendosi piano. Aveva poggiato il mento sulla mia spalla, in modo che, girandomi, potessi baciargli il viso e il collo. Quando se ne andò, rimasi così un altro po', con le mani aperte contro il muro.

In quell'albergo c'era la doccia più bella del mondo, mi ci infilai per lavare via tutta quella vita che mi sentivo addosso e che non si addiceva alla mia.

A cena, quella sera, non riuscivo a smettere di fissare la pelle del collo di Benedetto, che era come carta stropicciata, e poi spostavo gli occhi sulle sue mani, con il dorso colorato di macchie beige. Per la prima volta osservai i particolari della sua incipiente decadenza abbastanza a lungo da provare ribrezzo e poi sentii come se quell'uomo mi stesse derubando del mio tempo. So che lo capì.

«Ho parlato molto di te oggi al convegno» mi disse mentre io lo guardavo in silenzio.

«Davvero?»

«Certo, dobbiamo trovarla o no questa borsa di dottorato?» aggiunse tronfio.

Quel suo tentativo di tenermi legata a sé, di corrompermi, non sortì l'effetto che Benedetto sperava, risvegliò il mio orgoglio invece. Pensai che, esattamente come con la tesi che stavo portando avanti da sola, non avevo bisogno di lui per continuare la carriera accademica, che forse era vero quello che diceva Edoardo, che studiare era l'unica cosa che sapevo fare, ma appunto: io la sapevo fare.

Mi comportai come lui, quando invece di urlare, insultare, arrabbiarsi nascondeva tutto dietro un sorriso.

«Certo che dobbiamo, ma prima devo concentrarmi sulla tesi» gli risposi fingendo gentilezza.

Mi laureai a luglio, ma invitai solo Mariella. Mio padre e Benedetto avrebbero trasformato quell'avvenimento, quel mio traguardo, in un evento che riguardava prima di tutto loro due, e avrebbero entrambi voluto essere presenti esigendo che l'altro non ci fosse.

Il professor Ferruccio, introducendo il mio lavoro, specificò che quando io e lui avevamo iniziato a riflettere sull'argomento, ai tempi in cui ero una studentessa del suo corso, c'erano tutti i presupposti perché io continuassi a indagare il tema nell'ambito di un dottorato di ricerca, ma che poi questo non si era verificato.

«La candidata ha scritto alla fine un'ottima tesi compilativa» concluse.

La commissione risultò più entusiasta di lui e mi laureò aggiungendo alla lode la dignità di stampa. Mariella emise un gridolino e fu ripresa da Ferruccio che mi stava in quel momento proclamando dottore in Scienze Politiche.

Quando uscii dalla sala delle lauree corsi senza ragione al piano superiore, sulle scale di Palazzo Nuovo, come un animale appena liberato da un recinto e che non ha una meta, vuole solo sapere di poter scappare.

Benedetto non si arrabbiò perché non gli avevo comunicato il giorno della discussione della tesi. Voleva mantenere un'apparenza di nonchalance, nascondere la delusione o il dispiacere, perché sarebbero stati la prova che anche lui era vulnerabile. Ma un vecchio vulnerabile non può piacere a una ragazza, quindi non mi disse nulla.

Mi regalò invece un viaggio in Grecia con lui in un hotel che aveva spiaggia privata e piscina. Nello stesso albergo alloggiava una famiglia francese con due figli, un maschio e una femmina. Tutti i giorni io e la madre ci ritrovavamo sdraiate al sole, a pochi metri di distanza. Si chiamava Brigitte, era mora, slanciata, consapevole della sua sensualità. Anche il marito era aitante, con un'espressione del viso leggermente ottusa. Il figlio maggiore, Gérard, doveva avere quindici anni, alto, capelli castano chiaro e occhi azzurri come suo padre e sua madre. Senza gli occhiali da sole che ogni componente della famiglia indossava diligentemente dall'alba al tramonto, i suoi occhi nudi tradivano un'ancora evidente ingenuità, mentre con le sue *lunettes* sembrava un piccolo divo, schivo e tenebroso, un po' antipatico. Sua sorella Margot avrà avuto dodici anni, già scolpita in una snellezza che le prometteva fedeltà eterna, giocava spesso con suo fratello, gli si accoccolava sulla spalla e allora lui smetteva di fare il duro e rispondeva alla sua tenerezza. Li osservavo, li cercavo con lo sguardo, in mare, per vedere se facevano il bagno o se giocavano a beach volley, e al ristorante, dove capitava di incrociarsi a pranzo. Soffrivo per lo spettacolo della loro perfezione.

Anche loro mi fissavano. E nonostante sapessi bene che la mia relazione con Benedetto a volte dava scandalo, mai prima di allora lo sguardo della gente mi aveva così frastornata, annichilita. Sdraiata sotto l'ombrellone, immaginavo di andare da quella donna e di dirle che in quello splendore in cui lei si sentiva così a suo agio c'ero stata anche io, era il posto di mia madre, e dei Montella. Avrei aggiunto che era meglio che stesse attenta, perché un qualcosa di inaspettato avrebbe potuto stravolgere anche la sua vita e quella dei suoi figli, nel giro di un solo giorno e per sempre.

Qualche sera dopo il nostro rientro dalla Grecia dissi a Benedetto che non riuscivo più a sopportare gli sguardi della gente su di noi, quel modo di fissarci. Mi rispose che non lo aveva mai notato. Sicuramente mentiva, ma era vero che, pur rendendosene conto, non aveva mai mostrato di soffrirne, anzi. L'anomalia, secondo lui, non era la nostra differenza d'età, ma che lui riuscisse a essere tanto eccezionale: non tutti i cinquantenni potevano permettersi una relazione con una ragazza di ventiquattro anni, ma lui sì. Io e Benedetto non litigavamo mai e non alzavamo mai la voce. Anche in quell'occasione, il principio della nostra separazione sembrò solo un breve scambio di opinioni. Senza aggiungere altro, andò nel suo studio a lavorare, tranquillamente.

Dopo qualche giorno gli dissi che avevo intenzione di vendere l'auto. Stavamo guardando la televisione, si era lasciato corrompere a quella abitudine una volta diventato evidente che finita la cena, quando aveva esaurito i pettegolezzi sui suoi colleghi e le sue colleghe e io gli avevo sottoposto i miei dubbi di teoria politica della giornata, che lui comunque non mi aiutava a risolvere, non avevamo altro da dirci. Appena arrivata a Firenze, Benedetto mi aveva comprato una macchina di seconda mano: una Punto gialla.

«Vuoi prenderne una nuova? Che senso ha, però, ti muovi sempre in bicicletta» rispose distratto, già risucchiato dal tubo catodico.

«No, non mi serve un'altra macchina, perché torno a Torino. Se tu sei d'accordo, con i soldi che mi daranno vorrei prendere una stanza lì, non posso andare dai miei.»

Si alzò di scatto dal divano senza parlare e si diresse di là, non so se in bagno o in cucina. Tornò dopo circa mezz'ora e si sedette di fronte a me che ero rimasta a guardare la televisione, con un'espressione compassionevole, inaspettata. Mi disse che aveva capito, che ci aveva riflettuto in quei giorni e che pensando a noi gli era sopraggiunta l'immagine di me che resto in basso nella risalita di un fiume mentre lui, da più in alto, mi tendeva la mano, desiderando aiutarmi a percorrere tutta quella salita, l'ascesa. Parlava con un tono e un'espressione del viso consolanti, come se fosse lui a lasciare me. Trovai ridicolo che ancora volesse dimostrarsi più forte, ma gli fui anche grata perché così anche in quella occasione fu impossibile litigare, e se durante la nostra relazione qualche volta avrei voluto poter discutere con lui senza dover fare sempre finta che andasse tutto per il meglio, in quel caso non ne avevo nessuna voglia, desideravo solo andarmene.

Il trasloco non fu complicato, anche se avevo decisamente più vestiti di quando ero arrivata a Firenze, me la cavai con qualche valigia. Benedetto mi accompagnò fino al binario, aiutandomi a caricare le borse sul treno, in un ennesimo atto di dimostrazione della sua forza fisica e morale. Ci salutammo con uno dei nostri scambi di sorrisi ipocriti, mentre lui pensava probabilmente di me che ero una puttanella ingrata e io, di lui, che era un pallone gonfiato.

Appena il treno si mosse dai binari di Santa Maria Novella provai un senso di libertà, come se stessi partendo per un viaggio *on the road*, come se tutta la vita che avevo davanti lo fosse: un'avventura. Guardai il cielo dai finestrini, mi sembrò più aperto che mai, e i campi che sfilavano veloci ai lati del treno mi apparvero tutti percorribili, provai la gioia di correrci dentro, pur restando ferma a fissarli mentre erano loro a scappare via dalla mia vista.

A Torino presi in affitto una stanza con bagno nel quartiere di San Salvario, la soffitta riadattata di una signora che abitava nel palazzo. Una volta sistemata, chiamai mio padre e lo invitai. Doveva aver avuto una nostalgia di me talmente forte da fargli accantonare le ragioni per cui mi aveva cacciata di casa, perché accettò appena glielo proposi. Quando entrò si sedette sull'unica sedia della stanza, abbandonandosi come dopo una grande fatica, e disse solo: «Carine le mattonelle».

Erano anonime e troppo grosse e ricordavano un negozio da parrucchiere, ma capii che era il suo modo di approvare la mia nuova vita.

«Ho lasciato Benedetto, spero che non ti dispiaccia» gli dissi.

«Perché dovrebbe?» mi rispose.

«Magari pensavi che tutto il tuo dolore dovesse valere almeno un matrimonio.»

«Non aspettavo altro, a dire il vero: che tu prendessi questa decisione. Torni a casa?» mi domandò con un'espressione soddisfatta.

«No, resto qui, ma mi auguro che sia solo per poco, vorrei iniziare il dottorato il prima possibile, in Francia.»

«Il dottorato è la strada giusta. Ti sei salvata in tempo.»

Avrei voluto rispondergli che la parola "salvezza" mi

sembrava del tutto inadeguata a come mi sentivo. Volevo solo riuscire a realizzare il mio destino da Montella: essere all'onor del mondo, come diceva mio padre prima che il mondo lo disonorasse.

«Avrei bisogno del tuo aiuto per qualche mese» continuai. «Intendo partecipare al bando di ammissione a Sciences Po, è un istituto di ricerca in Scienze Politiche a Parigi. Ferruccio ha accettato di aiutarmi con le lettere di presentazione e la revisione del progetto, per lui è un sollievo che io mi trasferisca» aggiunsi.

«Non mi sento di biasimarlo. Sono sicuro che se studi come sei solita fare riuscirai, e per il resto ci sono io» rispose lui.

«Grazie, papà» gli dissi, e poi ci abbracciammo, ma solo con lo sguardo.

Quando Edoardo venne a sapere che ero tornata a Torino mi invitò a pranzo a casa dei nostri genitori: mi fece trovare un pasto tutto a base di cibo in scatola. Io avevo portato un etto di prosciutto crudo, prevedendo quella carestia. Mentre metteva in tavola la fantasia di piselli e carotine della Bonduelle direttamente dalla lattina scoppiammo a ridere entrambi.

«Sono pessimo» disse guardando la tavola che aveva imbandito.

«Ci mancava solo che mi facessi mangiare in un set da pic nic, quelli di plastica tossica» gli feci notare divertita.

«Invece no, cibo in scatola rigorosamente servito in piatti di ceramica. Molto in stile Montella» precisò.

«Ma se papà cucina delle pietanze buonissime» ribattei.

«Senz'anima, però. Nel mio tonno Rio Mare non sai quanto amore ci ho messo.»

Edoardo non volle sapere del dottorato, di Parigi, né

mi parlò dei suoi tentativi di fare carriera o di laurearsi. Fu un pranzo come quelli di quando c'era Rosa e mangiavamo in cucina ridendo, ed era bello sorridere di nuovo a un uomo che amavo davvero.

Dal balcone della casa in cui mi ero trasferita, verso sera, osservavo le rondini che roteavano e garrivano nel cielo di settembre, preparandosi a migrare.

Io voglio innamorarmi: la voce di Ludo, della ragazzina che ero stata, che sapeva dove era il giusto e si scagliava contro l'ipocrisia, il capitalismo, le ingiustizie sociali, risuonò dopo che era rimasta a osservare in silenzio, per due anni, l'assenza di amore tra me e un vecchio.

Non le risposi. E fu solo la prima volta.

5

A dicembre mi informarono che ero stata ammessa e che avevo vinto anche la borsa di studio per merito. Mi trasferii a Parigi, dove affittai la casa di una quarantenne che faceva la ballerina: era andata a vivere lì da ragazza per inseguire il successo, ma dopo vent'anni in una mansarda senza riscaldamento si era ammalata, gravemente. Non voleva perdere il contratto, perciò mi fece subentrare: per me quel monolocale era perfetto, nonostante l'unica fonte di calore fosse il termosifone elettrico portatile che mi trascinavo dietro come un cucciolo di cane adorato. Avrei potuto chiedere a mio padre un contributo mensile per vivere più comodamente. Non lo feci, per me avrebbe significato ritornare indietro, non volevo dipendere da nessuno.

La mattina mi alzavo presto e andavo in palestra: ce n'era una vicino a casa, il prezzo era buono, l'igiene molto meno. Nel giro di poco, oltre alla corsa, iniziai a fare le flessioni alla sbarra: avevo bisogno di uno sfogo fisico alla competizione intellettuale feroce che c'era tra noi dottorandi. All'inizio mi facevano quotidianamente pesare il fatto che non fossi francese, anche se avevo studiato la lingua per anni e avevo superato un test difficilissimo per essere ammessa; poi, passarono a Berlusconi. Mi assillavano con battute sul fatto che solo nel mio Paese un uomo che era sospettato di essere mafioso poteva candidarsi ed essere anche eletto, oppure insistevano sull'anomalia per cui un leader politico avesse anche il possesso di una buona parte della stampa nonché della televisione italiane, senza contare le volte in cui mi chiedevano di spiegare come mai avesse tutti quei debiti prima di scendere in campo, come diceva lui, che poi si erano magicamente ridotti una volta diventato presidente del Consiglio per la prima volta nel 1994.

Le altre due allieve della mia direttrice di tesi non furono affatto contente di vedermi comparire alla riunione settimanale in cui si faceva il punto con lei sulle ricerche, sulle nuove idee, gli spunti bibliografici più interessanti. In un primo momento cercarono di cogliermi in fallo su argomenti di teoria politica, ma quando si accorsero che non era così semplice si giocarono la carta della straniera: non mi capivano perché non ero francese. La direttrice si comportava come se quella tensione non esistesse, come se quel bagno di sangue psico-emotivo non si svolgesse ogni settimana nel suo ufficio, e credo che non si sforzasse, che davvero non lo vedesse.

Prima della mia partenza per Parigi, mia madre mi aveva portata da una ragazza truccata con un ombretto azzurro metallizzato che aveva il dono di parlare con gli spiriti guida delle persone, cadendo in una condizione di trance. Il mio spirito guida le aveva predetto che due rivali mi si sarebbero contrapposte, ma non aveva aggiunto altro: nessun consiglio su come vincere quella competizione, né alcuna premonizione su chi si sarebbe aggiudicata la predilezione della professoressa.

Mi ignoravano nei corridoi e sussurravano commenti

su di me mentre parlavo del mio progetto di ricerca durante la riunione settimanale, ma io facevo finta di niente. Reagire significava ammettere che il loro comportamento mi feriva, invece scelsi di mostrarmi indifferente: quell'ostracismo era uno degli ostacoli del percorso. Ce n'erano tanti: la mole di lavoro, la sua complessità, e soprattutto fare in modo che niente di tutto ciò diventasse insormontabile.

La mia condizione di straniera non era sempre un deterrente, però. Un giorno, mentre ero in coda in attesa di compilare l'ennesimo documento per l'iscrizione al secondo anno di dottorato, mi si avvicinò un ragazzo che mi ricordò casa: era disordinato, magro e strano, assomigliava a uno dei miei amici del circolo a Torino. Mi chiese se avessi letto il libro che stava sfogliando appoggiato alla porta dell'ufficio. Era una pietra miliare della filosofia politica, gli *Elementa philosophica de cive* di Thomas Hobbes, che conoscevo quasi a memoria, quindi dissi di sì e gli diedi anche la mia opinione. Mi sorrise e ovviamente mi chiese conto del mio accento, che definì incantevole. Mi confidò che anche lui sognava di fare un dottorato in Scienze Politiche e che viveva in uno squat che aveva occupato da qualche mese con il suo collettivo. Gli raccontai del centro sociale che avevo frequentato prima di trasferirmi a Firenze, e lui commentò che gli italiani erano fantastici, potevi sempre fidarti di loro nelle manifestazioni: non si tiravano mai indietro se la polizia caricava.

Ci scambiammo i contatti e iniziammo a vederci regolarmente e anche a scriverci mail su mail. Damien mi insegnava un sacco di cose sull'attualità politica francese: scandali, ingiustizie con cui inevitabilmente mi consolavo e che iniziai a usare anche per mettere a tacere le costanti battute su Berlusconi. Coi fatti del G8 a luglio del 2001, però, anche Damien espresse con me tutto il suo disprezzo.

In quei giorni mi resi conto che il mio atteggiamento nei confronti della politica stava iniziando a cambiare: diventavo disillusa. A Genova, con la scusa di dare addosso ai fantomatici Black Bloc, erano stati manganellati finanche gli scout e le suore, e i fatti della scuola Diaz erano la prova che qualcosa si era incrinato irrimediabilmente, qualcosa che aveva a che fare con la decenza, con i limiti di ciò che il potere non dovrebbe fare e che soprattutto non si deve sapere. Negli anni, a partire dal primo governo Berlusconi, i margini della vergogna si erano via via erosi ogni giorno di più, fino a consumarsi del tutto.

Se Iva Zanicchi aveva potuto essere candidata al Parlamento Europeo nelle liste di Forza Italia, allora uno dei valori fondamentali ai quali ero stata educata, ossia che la politica è difficile e bisogna saperla fare, che è necessario conoscere la macchina burocratica per farla funzionare o aggirarla, non aveva più nessun senso. Ascoltai in silenzio le critiche di Damien al governo del mio Paese che aveva dato ordine di picchiare a sangue i manifestanti mentre dormivano ignari del pericolo.

A volte lo invitavo a cena, visto che nessuno dei due poteva permettersi di andare al ristorante, e parlavamo per lo più di politica, poi gli intimavo di andarsene prima che la scusa della chiusura del metrò mi facesse sentire obbligata a ospitarlo. Lui allora mi diceva: «*T'es méchante*».

«Non sono cattiva, non voglio dormire con te e non ho un altro letto oltre al mio.»

Quindi cercava di convincermi che fare del sesso avrebbe favorito la mia concentrazione e, visto che non funzionava, si metteva a giudicare la mia vita senza uomini e senza avventure, a darmi della secchiona e a citare filosofi e intellettuali che avevano perorato la causa del libertinaggio; infine se ne andava di buon grado: «Ciao, Ludò».

Ludo era furiosa con me per questo. Lei voleva solo innamorarsi, le sarebbe andato bene anche Damien.

Spesso mi svegliavo fra le tre e le quattro del mattino con le sue accuse feroci che mi ronzavano nella testa, mi stringevano il petto.

Pensi di essere tanto intelligente e invece non sei riuscita a fare quello che sanno fare tutte: trovare una persona con cui condividere la vita, con cui sostenersi a vicenda, dormire, mangiare, fare la spesa, scopare.

Ludo aveva preso a parlarmi sempre più spesso, a criticare le mie scelte, che per lei erano dei compromessi con il sistema, e a lamentarsi della mia vita monacale.

Non avevo nessuna intenzione di fare l'amore con Damien, però, perché non mi piaceva, e dopo la relazione con Benedetto mi ero ripromessa che non avrei mai più scopato senza averne voglia. E poi non volevo perdere la sua amicizia. Damien era l'unico fra i coetanei conosciuti a Parigi a credere che io meritassi di essere lì, ad avere stima di me.

Fu lui a consigliarmi di frequentare il seminario di Rosanna. Non lo faceva perché aveva un debole per le italiane, mi disse, ma perché le sue lezioni erano pazzesche. Non essendo iscritto da nessuna parte, Damien seguiva le materie che gli interessavano in varie università di Parigi. Il seminario di Rosanna si teneva a Paris 8, un ateneo fondato nel '69 da filosofi e poeti che volevano davvero che il sapere circolasse, motivo per cui le prime lezioni si erano tenute in un parco alla periferia di Parigi.

Il primo approccio non fu semplicissimo. Avevo avuto

un certo timore ad attraversare Saint-Denis, nonostante fosse mattina e ci fosse il sole, era la prima volta che mi trovavo in una banlieue, e non di quelle residenziali con le villette dal tetto spiovente e i giardini privati. Le case erano basse, bianche, di architettura moderna e anonima, inframezzate da parchetti desolati, in strada c'erano poche persone e le vie erano senza negozi, tutte simili fra loro.

Rosanna non fu affatto accogliente.

«Oh, eccolo qui un altro piccolo squalo di Sciences Po che ha sentito l'odore del sangue ed è arrivato fino alla lontana periferia di Saint-Denis pur di accaparrarsi la referenza bibliografica di cui ha bisogno» mi disse appena mi presentai.

Sciences Po era famosa per l'ambizione cieca dei suoi iscritti. Ci occupavamo di politica, certo, tutti analizzavamo le ingiustizie perpetrate dal potere, ma nessuno nella pratica combatteva per sconfiggerle. L'impegno, le ore in biblioteca, ogni giorno, fine settimana compresi, la fatica, la disperazione di trovarsi a un punto morto della ricerca e l'esaltazione di riuscire a superarlo avevano come fine non il cambiamento della politica e della società ma la nostra carriera accademica. Per questo anche Ludo mi torturava.

Pensate davvero di fare il bene del proletariato tu e i tuoi colleghi intellettuali? E quale sarebbe esattamente la ricaduta in termini di benefici per i soggetti subalterni, come li chiamate voi, di tutti i vostri paroloni? Se il diritto di cittadinanza e la giustizia sociale vi stanno così a cuore come dite, perché non cercate di agire in qualche modo, invece di passare tutto il vostro tempo col culo su una sedia in biblioteca o in un bistrot?

Alla fine del seminario, cercai di fare bella figura con Rosanna, proponendole una mia personale teoria sull'argomento che aveva affrontato quel giorno.

«No, si sbaglia» mi rispose secca.

Mi raggelai, ma non potevo mollare, avevo fatto tutta quella strada ed era vero che avevo bisogno del suo aiuto, avevo letto un suo saggio e volevo chiederle un consiglio su come inserirlo nella mia ricerca. Quindi resistetti.

«Mi scusi, è la prima volta che seguo le sue lezioni, evidentemente non ho capito quello che intendeva.»

«C'è tempo, continui a venire qui ogni lunedì pomeriggio e inizierà a capire» mi disse con l'espressione del viso leggermente ammorbidita.

Cominciai ad amarla fin da quel primo dialogo e Rosanna presto ricambiò quella simpatia.

Prendemmo l'abitudine di andare a bere un bicchiere di vino, o meglio un litro di bianco, dopo le sue lezioni, solo io e lei, in un bar vicino a place de Clichy.

La sua severità mi stimolava e a lei piaceva che io studiassi per trovare un rifugio dall'incertezza del mondo.

«Rilassati» mi diceva, «non mettere sempre tutto in dubbio e togliti quell'espressione di chi non crede a niente e a nessuno, fidati, Montella!»

Con lei provai a farlo. Al nostro secondo appuntamento al bar, disinibita dall'alcol, le raccontai le vicissitudini giudiziarie di mio padre, come per metterla alla prova, per capire se potevo lasciarmi andare, o forse solo perché avevo bisogno che qualcuno in quella città sapesse che le mie colpe politiche ereditate erano ben più pesanti dell'avere Silvio Berlusconi come presidente del Consiglio.

«Quindi nessuno dei tuoi colleghi che incarnano la rettitudine della République Française sa che tuo padre è stato coinvolto in Mani pulite, che tu sei figlia della degenere politica italiana?» commentò lei. Il suo sarcasmo non solo non mi ferì, ma ebbe l'effetto di ridimensionare il mio dramma personale. Mi sentii subito molto più libera. Per Rosanna il problema non era che mio padre fosse stato un democristiano, del resto lo era stata la maggior parte degli italiani, salvo poi rinnegare la propria fede politica come tantissimi san Pietro, non solo tre volte prima dell'alba, ma infinite volte negli anni a venire. Rosanna, semplicemente, non sopportava che le persone si piangessero addosso. Io non mi lagnavo di avere un padre democristiano, ma quando mi lamentavo del fatto che probabilmente la mia prof non avrebbe designato me come sua erede dopo il dottorato perché ero l'unica allieva straniera, allora sì che si arrabbiava.

«Eccola la figlia dell'alta borghesia che adesso darebbe un rene pur di riacquisire il prestigio sociale che vi ha tolto Di Pietro. Accetta di diventare una comune mortale come tutti noi, Ludovica Montella! Siete caduti, rassegnati.»

A quel punto io mimavo la parabola discendente di un oggetto che sta per precipitare al suolo e le dicevo: «No, siamo ancora in volo, le stelle ci mettono un sacco a cadere» guardandola con aria di sfida. E lei rideva.

Le piaceva vedere nella traiettoria disegnata dalla mia mano la fine imminente di un genere di persone che aveva invidiato da bambina e che poi, appena era diventata abbastanza grande da capire la differenza tra una famiglia come la mia e una come la sua, aveva iniziato a odiare. Rosanna era figlia di un'operaia che lavorava in una fabbrica di bottoni e di un panettiere. I suoi avevano avuto solo lei. Le sue vacanze consistevano nell'andare alla festa dell'Unità, dove i genitori facevano i volontari in cucina tutte le estati.

Quando me lo raccontò la prima volta, la informai con entusiasmo che noi Montella non ci perdevamo mai la festa dell'Unità, perché mio padre ci portava sempre.

«Immagino, dispensava la sua benevolenza da uomo di potere che sa mescolarsi col popolo» sogghignò.

Mi prendeva spesso in giro, scagliandosi ironicamente contro il mito della mia famiglia. Anche se mi aveva appena conosciuta, sapeva descrivere la mia infanzia e la mia adolescenza come se ci fosse stata, come se le avesse osservate nascosta dietro un muretto o sotto il lavandino della cucina. Sosteneva che il mio dottorato a Sciences Po e la mia ambizione di insegnare in uno degli istituti di ricerca più prestigiosi d'Europa fossero solo un tentativo di tornare nel posto da cui eravamo stati cacciati, nel paradiso dei privilegiati.

«Del resto, se Lucifero avesse avuto dei figli, chi può dire che Dio non li avrebbe perdonati?» le rispondevo io a quel punto.

Procedevamo così, ogni settimana, stoccata su stoccata, come in un duello di scherma, sempre sul filo del rasoio e della sbronza.

A Natale tornare a casa fu come rientrare in un albergo della riviera chiuso da mesi per il periodo invernale, un luogo in cui la vita esisteva solo sotto forma di tracce. Era tutto in ordine, come sempre, ma sembrava che in quelle stanze da tempo nessuno parlasse, si sedesse sul divano o si facesse un caffè. Avevo avuto una gran nostalgia di quell'appartamento enorme con i termosifoni sempre accesi, e pregustavo tutto il cibo che avrei trovato pronto ad aspettarmi in frigo, nella ciotola della frutta, nella dispensa zeppa di conserve artigianali, chips, olive di vario tipo.

Appena varcai la soglia, però, capii che non c'era abbondanza ad aspettarmi, né tanto meno calore.

Mio padre era venuto a prendermi alla stazione, ma era di fretta, aveva un torneo di scacchi, la sua ultima ossessione. Negli scacchi poteva vincere e basta, senza dover parlare: contavano il sangue freddo, la strategia e ovviamente la tecnica, che studiava alacremente da anni. Mia madre non c'era. Quando gli chiesi dove fosse, mi rispose che non faceva parte dei suoi doveri coniugali conoscere ogni suo spostamento. Mi sembrò un'affermazione strana, mio padre non faceva mai riferimenti al loro rapporto di coppia, ma lasciai correre, avevo fame.

Aprii il frigo e scelsi una confezione di salmone selvatico. Lo mangiai con le mani, senza nemmeno sedermi a tavola. Poi uscii. Con Mariella andammo al circolo e in giro per i bar. Era lei a guidarmi, non aveva mai lasciato Torino, aveva iniziato lì il praticantato presso uno studio legale ed era rimasta a vivere nella casa in cui da bambine giocavamo a essere delle odalische.

Nel suo locale preferito, il bar Amantes, incontrammo Edo e quello che si rivelò essere il suo compagno: Stefano. Mio fratello mi salutò senza particolare enfasi, come se ci fossimo incontrati quel giorno stesso a pranzo, mentre non ci vedevamo da quasi un anno. Il suo ragazzo mi guardò con una tale diffidenza che non sapevo se provare a conquistare la sua simpatia o se fosse più saggio rinunciarci subito.

Mariella notò la tensione e quindi mi propose di spostarci. Quando feci per salutare Edo, lui mi disse che anche loro stavano rientrando: l'indomani sarebbero partiti presto per raggiungere la famiglia di Stefano sul Lago Maggiore.

«Non stai a casa per Natale?» gli chiesi stupita.

«Non ci starà nessuno, infatti non ho capito cosa ci fai a Torino. Vai da Mariella almeno, se proprio hai voglia di calore familiare» ribatté mio fratello quasi impietosito.

«Perché, mamma e papà dove saranno?»

«Dove vanno sempre: papà al circolo del tennis e mamma a un gruppo di psicodanza di Emanuele Corda.»

La psicodanza era stata l'ultima scoperta di nostra madre nel campo delle discipline alternative. Una volta ero andata con lei a un gruppo condotto proprio da Emanuele Corda, che era in effetti uno dei pochi in Italia a praticare quell'approccio terapeutico. Per come me l'aveva descritto mia madre nel tentativo di convincermi ad accompagnarla, ci mancava poco che quell'uomo sapesse volare. Non era un guru, però, aveva tenuto a precisare, ma uno psichiatra con anche una formazione psicanalitica. Poi mi aveva spiegato che in un gruppo di psicodanza si poteva piangere, ridere, urlare, abbracciarsi. Mi era parsa la descrizione di un incubo, ma avevo accettato lo stesso, perché quella stramberia era stata l'unica proposta che mia madre mi aveva fatto per passare del tempo insieme dopo il mio ritorno da Firenze.

Ovviamente, prima di tutto aveva acquistato per me l'abbigliamento più adatto alla psicodanza: un completo di cotone della marca Freddy e delle scarpette in pelle nera, in realtà più simili a degli orribili pedalini che rendevano tozzi i miei piedi naturalmente affusolati.

L'incontro si teneva in una palestra molto bella, in collina. Prima di entrare, ci eravamo fermate a salutare le amiche di mia madre nel bar di fronte, e io ne avevo approfittato per prendere un caffè.

«Vedrai, lui è una sorta di mago, ma guai se mi sente che lo dico. È un tipo molto serio...» mi stava spiegando Ginevra, ma si era interrotta all'arrivo di Emanuele Corda.

Era di altezza media, però la sua figura risultava imponente: il torace, le mani, il cranio erano enormi in proporzione alla statura. Quando si era avvicinato per dirci che se volevamo partecipare dovevamo darci una mossa ed entrare, avevo notato il sorriso di mia madre, era mansueto. Quell'uomo la metteva in soggezione nel vero senso del termine: la dominava.

Con me non si era attardato in convenevoli, ma prima di incamminarsi con passo fermo verso la palestra mi aveva concesso uno sguardo breve, i suoi occhi avevano uno scintillio, erano piccoli, aguzzi, ma brillavano in profondità. Avrei scoperto solo tempo dopo, quando Corda cadde dal cuore di mia madre, che quel barlume era causato da un trapianto di cristallino e non da un potere magico.

Mentre mi incamminavo dietro di lui avevo sentito il desiderio di deriderlo, di sconfiggerlo, di dimostrare a mia madre la pochezza di quell'uomo, che lei guardava con un'ammirazione che non le avevo mai visto concedere a mio padre, neanche quando era ancora un uomo di potere.

Nella prima fase, "in cerchio", avevo quindi cominciato a commentare con sarcasmo le considerazioni di Emanuele Corda in merito alle caratteristiche delle nostre personalità, intuite, a suo dire, da quelle poche battute iniziali. Certo, molti dei presenti erano di casa lì, ma comunque il suo metodo non mi aveva convinto.

Al mio secondo commento compiaciuto aveva detto che il legame che aveva con mia madre e la stima che nutriva nei suoi confronti non potevano esimerlo dal suo dovere, ossia condurre quel gruppo, il che prevedeva il rispetto di tutti i presenti, i quali, a differenza mia, credevano in quell'approccio. A essere assurda, aveva rincarato, non era la psicodanza, che veniva praticata da decenni, ma il fatto che io pensassi che il mio giudizio in merito valesse qualcosa. Infine aveva aggiunto che era tempo che imparassi a stare al mondo fuori dall'ombra del mio cognome, altrimenti avrei continuato a vivere nell'illusione di essere speciale e di avere il diritto di essere trattata come tale.

Mia madre, con un'espressione compassionevole, mi aveva bisbigliato: «Affidati a lui». A quel punto mi ero alzata ed ero uscita dalla sala. Negli spogliatoi mi ero sdraiata a terra. Il male che mi avevano fatto quelle parole mi spingeva fuori, ma la speranza che mia mamma abbandonasse la sala e venisse da me mi tratteneva lì. Non era accaduto. Per un po' avevo respirato con la pancia come avevo imparato in una lezione di improvvisazione teatrale, cui avevo partecipato, sempre con lei, anni prima. Aveva funzionato, mi ero calmata ed ero andata verso l'auto senza preoccuparmi di come mia madre sarebbe rientrata a casa. Non provavo rabbia nei suoi confronti, perché per farlo avrei dovuto percepirla vicina o almeno non così lontana come era ormai da anni. Appena uscita dalla palestra avevo buttato le scarpette nella spazzatura.

Era passato più di un anno, di solito mia madre si stancava in fretta delle soluzioni alternative che trovava via via alla sua infelicità, ma non mi stupì che con Emanuele Corda e la psicodanza le cose fossero andate diversamente. Però ero smarrita: avevo immaginato di trascorrere il Natale con loro e invece nessuno si era preso la briga di dirmi che non sarebbe stato possibile.

«Povera Ludo, studi sempre e non sai nulla. Deve essere davvero frustrante» disse mio fratello.

«Edoardo, ti prego...» riuscii solo a dire.

A quel punto si intromise Stefano, insistendo con Edoardo che dovevano andarsene subito, che non lo avrebbe aspettato oltre.

«Stiamo parlando, non ci vediamo da mesi» intervenni io.

«Non è colpa sua, né tanto meno mia, se per te la famiglia viene dopo tutto il resto» mi rispose lui, sprezzante.

«Inizia ad andare, ti raggiungo subito» gli disse Edoardo.

Quando Stefano si allontanò, sfogai su mio fratello la rabbia per le parole del suo fidanzato, che mi avevano insinuato il sospetto che gli avesse raccontato di Tommaso.

«Ti sei mai chiesto perché ti piacciono i ragazzi così bassi?» lo provocai allora stupidamente.

«Se vuoi te lo dico, ma non vorrei scandalizzarti. Tu ti sei mai chiesta perché non ti piacciono i ragazzi, ma gli uomini vecchi e di potere? Buon Natale, Ludo» concluse, e se ne andò.

Era sempre stato più bravo di me a litigare.

L'indomani mattina aspettai che mio padre si alzasse, io non ero riuscita a dormire. Quando lo sentii entrare in bagno, preparai la macchinetta del caffè e glielo feci trovare pronto in cucina.

«Grazie, Ludovica. Non mi aspettavo questa premura.»

«Cosa sta succedendo?» lo investii. «È la vigilia di Natale e qui dentro invece c'è il silenzio delle città a Ferragosto.»

«Tuo fratello è andato sul Lago Maggiore con dei suoi amici.»

Mi venne in mente la faccia detestabile di Stefano mentre mio padre nominava gli amici di Edoardo, ma feci finta di nulla e lasciai correre.

«E mamma?» continuai.

Mi chiese se avessi messo lo zucchero nel caffè.

Annuii.

Lo bevve in silenzio e andò a riporre la tazzina nel lavandino, dandomi le spalle.

«Papà, ti ho fatto una domanda.»

«Non essere impaziente, Ludovica, dammi il tempo di risponderti.»

Mio padre mi disse che era andata a fare psicodanza con Emanuele Corda.

«Questo lo so, ma non era mai successo che partisse per Natale, vorrei sapere perché» precisai.

«Anche tu non ci sei stata in passato» ribatté.

«Papà, non voglio litigare, voglio solo capire cosa sta succedendo.»

«Credo che quell'uomo sia l'amante di tua madre.»

Non ebbi modo di aggiungere nulla, uscì dalla cucina, prese il cappotto e se ne andò, lasciandomi seduta lì, su quella sedia comoda e imbottita, in quella casa profumata, calda, ma vuota.

Provai a chiamare mia madre, senza esito. Le mandai un messaggio arrabbiato e lei mi rispose dopo qualche ora che non le sembrava di avermi riservato lo stesso trattamento in occasione delle mie assenze natalizie degli anni precedenti. Le dissi che volevo sapere di che natura fosse il suo legame con Emanuele Corda.

"È un uomo con cui mi sento finalmente libera di essere me stessa, che non mi giudica e non si sente spaventato dalla mia forza" mi scrisse.

Quando mia madre parlava in quel modo, come un manuale di self-help, mi lasciava sempre disarmata.

"Tu e papà divorzierete?" mi limitai a chiedere. Ma il mio sms non ebbe risposta.

Andai in biblioteca. Era troppo anche per me farlo il giorno della vigilia di Natale, ma da lì potevo usare internet. Corda teneva un blog. Nella sua biografia spiegava che, ai tempi in cui era uno psicanalista, aveva avuto una sorta di illuminazione: aveva capito non solo che la psicodanza funzionava di più che sedersi a raccontare i fatti propri due volte alla settimana, ma soprattutto che era accessibile a molte più persone, che era una disciplina democratica attraverso la quale si poteva mettere in circolo il proprio amore in un contesto protetto. Il suo compito, da leader del gruppo, era quello di accogliere la sofferenza dei partecipanti e di trasformarla in consapevolezza. Leggevo e lo odiavo.

Dal blog scoprii anche che il ritiro natalizio dove si trovava mia madre si teneva a Sanremo, e immaginai che la meta fosse stata scelta per il clima mite e per assecondare le abitudini di molte signore torinesi, a cui piaceva andare a svernare nel Ponente ligure. Nella foto del blog era ancora più repellente di come lo ricordavo: completamente calvo, assomigliava dannatamente al protagonista di una storia di Milo Manara, un medico che approfittava dell'innocenza di alcune collegiali per visitarle in modo sconcio. Sovrapposi la figura di mia madre a quella dell'infermiera che assisteva il personaggio nelle sue depravazioni e quando quell'immagine si compose nella mia mente chiusi la pagina del blog e uscii.

Fuori c'era la fibrillazione della vigilia e quell'atmosfera, ben più del freddo, mi fece affrettare il passo verso casa. Volevo scappare dall'euforia e nascondere la mia espressione così inadeguata a quell'entusiasmo. Trovai mio padre che leggeva in salotto.

«Non mi dire che hai studiato anche oggi, Ludovica.»

«No» risposi con poca voce.

«Bene. Per questa sera ho preparato un cocktail di gamberetti e il sugo alle vongole per gli spaghetti, non rosso ovviamente, ho solo messo qualche pomodorino, ma li ho strizzati, per eliminare i semi...»

«Papà.»

Mi guardò quasi spaventato, come per implorarmi di non riprendere il dialogo della mattina e, anzi, di non chiedergli niente di diverso dal procedimento per preparare la pasta alle vongole.

Lo accontentai.

«Grazie» dissi solo, e andai in soggiorno. I miei avevano comprato delle nuove poltrone con il poggiapiedi estraibile, più moderne e confortevoli, e mi abbandonai su una delle due senza neanche togliermi il cappotto. Non mi sembrò comoda, però, quindi non mi soffermai a riflettere sulle istruzioni che avrei impartito a eventuali alieni affinché ne costruissero una. Rimasi a fissare la televisione spenta, ma nella mia mente scorrevano scene di me che mordevo la testa pelata di Emanuele Corda, poi tiravo un pugno a Stefano, poi facevo sbattere le loro teste una contro l'altra, alla maniera di Bud Spencer. Mi addormentai mentre immaginavo di trasformare in brandelli quei due uomini comparsi dal nulla che stavano banchettando con il cadavere della nostra famiglia. Mi svegliò mio padre per chiedermi di apparecchiare.

Lo feci, e lui nel frattempo aprì una bottiglia di Blanc de Blancs.

«Mi auguro che tu non abbia perso la tua cattiva abitudine di esagerare con l'alcol, Ludovica.»

«Non credo che ci sia niente a cui brindare» risposi.

«Io sì, invece: a te, che sei qui con me. Buon Natale.»

«Auguri, papà.»

6

Trascorsi il terzo anno di dottorato, l'ultimo, chiusa nella Biblioteca Nazionale di Parigi. Entravo la mattina verso le dieci dopo essere stata in palestra, superavo i primi tornelli strisciando la mia tessera da secchiona, quella riservata a chi fa ricerca, l'unica che dà accesso all'area sotterranea. Per arrivarci c'erano due scale mobili, poi altri tornelli e infine delle gigantesche porte in metallo. Il piano interrato era suddiviso in sale studio contrassegnate da lettere dell'alfabeto. La mia prima scelta era sempre la M, perché mi piaceva che fosse l'iniziale del mio cognome, ma quando lì non c'era posto, andavo nella L di Ludovica o nella T di Tommaso. Da lì sotto si vedevano, al livello della strada, le persone normali camminare, fumare una sigaretta, magari scambiarsi chiacchiere o abbracci.

La professoressa che seguiva la mia ricerca mi aveva detto che se avessi interrotto qualsiasi altra attività o forma di vita sociale e mi fossi dedicata esclusivamente al mio lavoro ce l'avrei fatta e che, finendo il dottorato, comunque fossero andate le cose, avrei compiuto un'impresa.

«E compiere un'impresa è tutto ciò per cui vale la pena vivere» aveva aggiunto in italiano, concedendomi anche un sorriso, che fu come il bacio di Giuda. Non mi parlò del futuro e io ebbi conferma che non sarei stata la sua prescelta.

Ne parlai con Rosanna: con lei avevo fatto un'eccezione, avevo continuato a vederla per il nostro consueto appuntamento settimanale, non solo perché le volevo bene, ma perché avevo bisogno dei suoi consigli e della sua franchezza: sapevo che non mi avrebbe mentito solo per rassicurarmi.

«Andrà così, fattene una ragione. La tua professoressa parigina non darà a te, piccola italiana, l'assegno di ricerca, è già un miracolo che tu abbia vinto una borsa di studio per il dottorato a Sciences Po.»

«Quindi cosa farò?» le chiesi smarrita.

«Quindi tornerai a casa dei tuoi, ti farai mantenere qualche tempo dal tuo paparino e continuerai a inviare progetti e candidature, fino a che non otterrai un'altra posizione accademica.» Cercò di essere comprensiva, nella misura in cui il suo carattere glielo permetteva, assunse un tono vagamente dolce e concluse: «Adesso ti sembra che il futuro non esista perché sei stanca e non fai che lavorare, ma abbi fiducia, la tua carriera non finisce qui, tu sei brava». Quando mi diceva così mi sentivo rinfrancata: se Rosanna, che era davvero severa, pensava che ce l'avrei fatta, non avevo ragione di dubitare che, pur avendo rinunciato al sogno di diventare presidente del Consiglio, avrei potuto comunque realizzare quello di fare la professoressa di Scienze Politiche.

Quando mio padre mi chiamò per dirmi che dovevo tornare a casa urgentemente, gli risposi che non potevo perché stavo scrivendo la tesi di dottorato.

«Non ti ho mai chiesto di mettere da parte lo studio per me, sai che ti ho spronato tutta la tua vita a fare esattamente quello che stai facendo, quindi se ti dico che devi rientrare, ho le mie ragioni. Fai la valigia per stare qui almeno una settimana» disse, e poi attaccò il telefono.

Arrivata a Torino, trovai la casa invasa dagli scatoloni e mia madre che si aggirava in tuta e coi capelli in disordine. Appena varcai la porta con mio padre, lei gli si avvicinò come un nuotatore esausto si attacca alla boa appena raggiunta.

Qualche tempo dopo aver saputo di Emanuele Corda, avevo domandato a mio padre se avesse intenzione di chiedere il divorzio. Mi aveva risposto che non ci pensava neanche, che il matrimonio unisce nella buona e nella cattiva sorte e che era arrivato il suo turno di dimostrarsi all'altezza di quella promessa. Fui sollevata quindi nell'apprendere che, qualsiasi cosa stesse accadendo, non era causata da una loro ennesima crisi, anzi: non mi ricordavo neanche più quand'era stata l'ultima volta che avevo visto mia madre prendere la mano di mio padre e lui baciarla sulla bocca davanti a me. Mi aspettavo che mi dicessero che avevano deciso di smettere di lavorare per trasferirsi al mare, all'isola d'Elba, dove papà aveva sempre sognato di vivere, e che di conseguenza avrebbero affittato la casa di Torino.

Mio padre mi prese la valigia dalle mani e la portò in camera mia. Lo seguii. Lì dentro era ancora tutto in ordine.

«Ti ho chiesto di venire proprio perché credo sia giusto che sia tu a decidere che cosa vuoi tenere delle tue cose.»

«Grazie, ma avrei voluto essere consultata, questa è anche casa mia, e poi per me è un momentaccio, fra sei mesi mi addottoro. Potevate almeno rispettare i miei tempi...»

«I tuoi tempi?» ripeté mio padre a denti stretti. «In effetti forse dovresti telefonare tu alle persone che tuo fratello ha truffato e dire loro che dovrebbero rispettare i tuoi tempi per riavere i soldi che lui gli ha rubato.»

Scoprii che Edoardo, stanco della vita da impiegato in una concessionaria di auto, si era inventato un modo per guadagnare senza il minimo sforzo. Si era finto consulente finanziario e aveva convinto delle persone di sua conoscenza e altre che si erano fidate perché conoscevano papà, in tutto una dozzina, ad affidargli ingenti somme di denaro che lui aveva in gran parte perso con investimenti sbagliati e in parte rubato per fare la bella vita.

Mio padre, tramite il suo avvocato di Napoli, maestro dei patteggiamenti, era riuscito a trovare un accordo: se lui avesse risarcito quelle persone, in cambio loro non avrebbero denunciato Edoardo. Per farlo, però, aveva dovuto vendere tutte le sue proprietà, compresa la casa in cui ero nata, e prendere in affitto un appartamento più piccolo dove trasferirsi con mia madre.

Mi sedetti sul letto, ebbi la stessa sensazione di quando Tommaso mi aveva detto che Edo era salito sul cornicione della scuola e che noi non potevamo più vederci, quella di perdere un pezzo di me. Dicono che la nostra anima pesi ventun grammi, ma io credo che ad alcuni capiti che si assottigli strada facendo, che la vita, come un topo, ne mangi dei pezzi.

Cercai almeno di dire qualcosa.

«Magari se lo lasciassi andare in galera potrebbe davvero salvarsi» tentai. «Si prenderebbe le sue responsabilità e una volta uscito potrebbe provare a costruirsi una vita sua, indipendente da te.» Lui non reagì, quindi continuai: «E se vendi anche la casa, poi come farai? Se tu o mamma aveste bisogno di assistenza quando sarete anziani?».

Si sedette sulla poltrona accanto al mio letto, era tutta

intarsiata e sembrava un trono, con le teste di due leoni a completamento dei braccioli, un modello che si chiama Savonarola, perché a quanto pare il predicatore fiorentino ne aveva una così nella sua cella in convento.

«Non dovresti neanche pensarla una cosa del genere. Se tuo fratello adesso andasse in carcere, una volta uscito non troverebbe più un lavoro: chi assumerebbe uno che ha commesso una truffa del genere? E quindi poi chi lo manterrebbe quando io sarò morto?»

E a me non ci pensi? Quelli sono anche i miei soldi, sono la mia eredità, la casa che vendi per ripagare i suoi debiti è anche casa mia. Perché non gli hai mai chiesto di renderti conto di come spendeva tutto il denaro che gli hai dato? Perché in tutti questi anni gli hai pagato le tasse, le macchine, le assicurazioni dell'auto e della moto senza mai neanche pretendere una scusa, la promessa di un risarcimento?

«Capisco che tu ti senta defraudata.» Mio padre conosceva bene Ludo, fu come se quelle sue parole le avessi pronunciate ad alta voce. «Se perseguissi l'egualitarismo, come tu vorresti, dovrei dare a te esattamente la cifra che ho dato a tuo fratello in tutti questi anni, cosa che peraltro non potrei fare perché non la possiedo più» continuò. «In ogni caso, sai bene che si tratta di un modo di pensare che non mi appartiene, come il giustizialismo. Io sono equo: tuo fratello ha avuto bisogno dei miei soldi e io glieli ho dati, tu non li hai mai voluti e hai anzi cercato altrove qualcuno che si occupasse di te, per dimostrarmi che eri in grado di fare a meno del mio aiuto.»

Anche in quell'occasione non si lasciò andare a nessun tipo di emozione, non si lamentò con me di Edoardo e non ebbe il minimo cedimento: il suo obiettivo fu comunque dimostrarmi di avere ragione.

Mi misi a pensare ad alta voce: «Quindi io sono il personaggio antipatico della parabola: il fratello del figliol prodigo che si arrabbia col padre e non capisce l'immensità del suo amore, sono quello che viene giustamente rimproverato e che tutti istintivamente giudicano un avido dal cuore di pietra». Mio padre accennò un sorriso, seppur sghembo, e io proseguii: «Ricordo di aver pensato molto male di lui quando mi insegnarono quella storia a scuola, durante un'ora di religione. Lo trovai povero di spirito e limitato».

«Allora stavi diventando comunista, Ludovica, mentre adesso non riesci a perdonare tuo fratello di averti sottratto il tuo capitale» disse alzandosi, poi uscì da camera mia.

Mi lasciai cadere sul letto e per l'ultima volta fissai i particolari di quella stanza perfetta: il quadro della Madonna con il mantello rosso, trapunto di stelle, la foto di me da bambina che rido in braccio a mia madre, di cui però si vedono solo le mani, i ricami della coperta in pizzo di cotone su cui ero sdraiata, tutti quei fili, legati uno all'altro a creare piccoli nodi che sembravano boccioli di rose.

Nei giorni in cui aiutai i miei genitori a sgomberare la nostra casa, a decidere per esempio se buttare l'enciclopedia dei *Quindici* o tenerla – perché anche se ormai inutili, quei libri per ragazzi erano meravigliosi e ci avevano resi molto felici –, Edoardo non si fece mai vedere. Io avevo comprato una crema rinfrescante per le gambe che spalmavo a mio padre e a mia madre per dare loro sollievo dal caldo, un senso di leggerezza, come diceva la pubblicità del prodotto, e perché un gel balsamico per la circolazione era l'unico tipo di conforto che mi sembrava possibile in quel frangente. Non c'erano parole che ci garantissero di non litigare o recriminare, e la realtà dei fatti era che la casa in cui eravamo stati una famiglia perfetta e poi solo il suo fantasma stava per diventare di qualcuno che non era un Montella.

Anche Ludo mentre facevo gli scatoloni taceva, incastrata fra i suoi diari e le foto delle gite scolastiche, i gioiellini etnici, i foulard suoi e della bambola, le due tazze identiche che avevo comprato per me e per Edoardo molti anni prima, durante una settimana bianca in Trentino, con l'immagine di un alce ubriaco e la scritta: "Felice botta!".

Verso sera, convocavo i miei genitori nel bagno di servizio e, inginocchiata, massaggiavo loro le cosce leggermente in imbarazzo, in un silenzio rotto solo dai singhiozzi di mia madre. Mi dava un senso di fierezza sentire che, nonostante fosse ingrassata, le sue gambe continuavano a essere toniche, mentre quelle di mio padre erano proprio dure, di una fibra che sembrava metallica. Ho spesso pensato a me stessa come a un cavallo, allevata per saltare gli ostacoli, nutrita per correre, spazzolata per rilucere agli occhi di chi mi guardava, un animale da competizione. In quel bagno eravamo tre stalloni sfiancati, ma insieme.

Il messaggio di Laura arrivò tardi, quando ero già a letto ma ancora non dormivo. Non riuscivo a smettere di guardarmi intorno, non mi capacitavo di come nel giro di pochi giorni la mia stanza, che profumava sempre di legno e pulito, fosse diventata un magazzino zeppo e sconclusionato, un luogo che io stessa avevo reso irriconoscibile.

"Ciao Ludovica, scusami, ma Edoardo oggi mi ha mandato dei messaggi davvero strani e inquietanti e adesso sono ore che non risponde. Non voglio angosciarti, ma sono preoccupata."

Laura era una carissima amica di mio fratello. Assomigliava molto a nostra madre: i capelli biondi, gli occhi azzurri e la necessità insopprimibile di abbinare gli orecchini ai vestiti e i vestiti alle scarpe.

Io non ho nessuna voglia di sentire Edoardo, né adesso né mai, non lo voglio più vedere.

Invece lo chiamai, perché da brava Montella non avrei mai condiviso con un'estranea il disastro famigliare che stavamo vivendo ed ero troppo stanca per inventarmi una scusa. Mio fratello non rispose e io mi addormentai. Laura mi riscrisse verso le tre di notte per sapere se lo avessi sentito. Capii che era successo qualcosa: lei e Edoardo si conoscevano dai tempi del liceo, erano rimasti amici negli anni perché andavano d'accordo, ma soprattutto perché si erano protetti a vicenda dai loro difetti peggiori. Con Laura, Edo era ancora il ragazzo affettuoso e divertente di quando aveva quindici anni, che non avrebbe mai tenuto sveglia per la preoccupazione una delle persone più care che aveva.

Rimasi nel letto ad aspettare con impazienza che arrivasse mattina: qualsiasi cosa fosse accaduta, non seppi fare altro che attendere, con gli occhi sgranati fissi al soffitto.

Alle sette finalmente Edoardo mi rispose con un messaggio, chiedendomi di fare colazione insieme. Era vivo e il sollievo spazzò via la rabbia furiosa che provavo nei suoi confronti.

«Esci?» Mio padre mi guardò attonito, intuendo dal fatto che non fossi in tenuta da trasloco – pantaloncini e maglietta – che stavo per lasciarli da soli.

«Devo vedermi con Edoardo, me l'ha chiesto lui.» Non aggiunsi altro.

Non sapendo nulla, ne dedusse che avevo accettato di incontrarlo per amore fraterno, per un desiderio di riconciliazione, e si intenerì.

Mio fratello mi aveva dato appuntamento in un bar di pessimo gusto, con un arredo impersonale, da ufficio. Aveva un colorito grigio, tranne che intorno agli occhi dove la pelle era nera.

«Ciao Ludo, mi devi aiutare» mi disse appena si accorse che mi ero avvicinata al tavolino a cui stava seduto con la testa china.

Non mi diede il tempo di rispondergli che l'ultima cosa che poteva chiedermi era ulteriore aiuto, che anzi avrebbe dovuto essere lui a occuparsi del trasloco, invece ci aveva lasciati da soli a sistemare le conseguenze dei suoi casini. Stavo per scoppiare a urlargli in faccia: "La casa, la casa, la casa!" con la stessa espressione di un maori quando intona il suo canto di guerra, ma lui si tirò su le maniche e io vidi i suoi polsi rovinati da tagli maldestri e profondi.

«Non ce l'ho fatta, sai che ho paura del sangue, ma ci ho provato, vedi?» e mi mostrava le ferite con sguardo disperato e idiota. «Ci ho provato anche appendendomi con la cintura dell'accappatoio, ma non mi ha retto.»

Dall'ultima volta in cui l'avevo visto, in effetti, era ingrassato di circa dieci chili.

Gli chiesi se gli era mai venuto in mente che doveva curarsi prima di ridursi di così, magari prendere dei farmaci, ma sapevo che la mia era una domanda sciocca: l'analisi, la psicoterapia erano sempre state incontemplabili per i Montella, presupponevano l'ammissione di una qualche profonda fragilità, o addirittura inettitudine, che non potevano neanche essere concepite. Edoardo infatti scosse la testa.

Sono sicura che sia tutto merito di Rosa: fu grazie alle giornate infinite dell'infanzia trascorse con lei e poi alla sua presenza costante e benevola che reagii con dolcezza a quell'ennesima richiesta d'aiuto, ai maldestri tentativi di suicidio di mio fratello. Rosa era sempre paziente: nell'accettare gli ordini di mia madre, ma anche gli insulti di suo figlio, che si vergognava che lei facesse la cameriera. Sopportava la fatica di occuparsi di noi, della casa, la sua e la nostra, delle commissioni, dei suoi familiari, di tutti quei pranzi e quelle cene.

«Cosa vuoi che faccia?» gli chiesi.

«Ogni giorno è peggio, sprofondo nella disperazione e da solo non ce la faccio.»

«Devi parlare con mamma e papà, Edo, non vedi come ti sei ridotto cercando di distruggerli?»

Alzò la testa: «Adesso non riesco a pensare, ho solo bisogno di aiuto. Me lo dai o no?».

Annuii, ma non sapevo davvero cosa fare e neanche lui. Automaticamente ci dirigemmo verso casa. Quando entrammo, nostra madre era seduta sulla poltroncina dell'ingresso che negli anni aveva fatto ritappezzare con stoffe diverse una decina di volte. Già stremata, non ci chiese nulla, a Edo non rivolse neanche uno sguardo.

Papà era andato al supermarket a comprare il prosciutto e il pane per un pranzo al sacco, visto che la cucina era inagibile, occupata da tutti gli oggetti inutili e costosi che aveva acquistato nei decenni e che ora doveva imballare uno a uno, facendo ostensione dei suoi vizi: l'artigianato e il design.

Una volta rientrato, ci chiese che cosa facessimo lì immobili con tutto quello che c'era ancora da fare e Edoardo gli mostrò i polsi in silenzio. Nostro padre scoppiò a piangere e provò a tirargli un ceffone, non lo prese, e mio fratello gli si avventò addosso, spingendolo contro il lavandino della cucina. Mentre io cercavo senza successo di separarli, mamma si mise a urlare. Intervenne il falegname che stava smontando i mobili della camera dei miei, quelli che lui stesso aveva costruito trent'anni prima. La comparsa di quell'estraneo, la vergogna che avesse visto una scena così indegna, immobilizzò tutti i Montella a capo chino, come quei robot a cui nei film degli anni Novanta veniva improvvisamente tolta l'alimentazione elettrica e si fermavano in piedi, vuoti, la testa ciondoloni. Mentre mio padre piangeva, Edoardo, con i gomiti appoggiati sul tavolo, si teneva il capo fra le mani, e io sentivo che la pazienza di Rosa stava diventando dentro di me un impasto duro di indifferenza, mia madre, l'unica di noi capace di reagire nelle emergenze, contattò un ashram che era anche "luogo di rinascita" per persone affette da depressione, gestito da una delle mille conoscenze che aveva accumulato negli anni nell'ambito della cura olistica della mente e dello spirito.

Non ci fu nessun confronto, non fu detta nessuna verità: nel giro di poche ore mio fratello era già partito. Vennero a prenderlo due uomini sotto casa, entrambi con la goccia rossa in mezzo alla fronte e un'espressione compassionevole rivolta a me e di commiserazione per Edoardo, che teneva gli occhi bassi. Lo fecero salire sul van con un'accondiscendenza timorosa, trattandolo come un vaso crepato.

«Nell'ashram non è permesso l'uso del cellulare, c'è un telefono, ma vi chiamerà lui quando si sentirà pronto» mi spiegò uno dei due, mentre si apprestava a risalire in macchina.

«Grazie, Ludo» mi disse mio fratello prima che l'altro chiudesse la portiera. Non gli risposi, piansi vedendolo andare via.

Quando rientrai, pensai che era meglio che quella non fosse più casa nostra, che preferivo non stare mai più nelle stanze in cui era accaduta tutta quella tristezza. Mia madre era a letto, facendo uno strappo alla convinzione secondo cui gli psicofarmaci sono un ostacolo insormontabile nella ricerca della consapevolezza, aveva preso una congrua dose di tranquillanti. Mio padre era in piedi accanto alla finestra della cucina, guardava fuori.

«Pensi che guarirà?» mi chiese con voce fioca quando mi avvicinai.

Da cosa, avrei voluto chiedergli? Dalla rabbia che prova per tutti noi o intendi dalla sua omosessualità? La sua domanda mi sembrò sbagliata in entrambi i casi.

«Vedrai» dissi solo.

Ripartii per Parigi col treno che avevo prenotato prima di sapere che a Torino non avevo più una casa.

Raccontai tutto a Rosanna e lei non si mostrò stupita.

«Devi sempre stare in guardia con i maschi, quelli che ti ritrovi in casa specialmente. Dopo tutto quello che ti hanno fatto tuo padre e tuo fratello, ancora non lo hai capito?» mi rimproverò. «Edoardo ha calpestato il tuo desiderio e il paparino ti ha usata per cercare di ristabilire in qualche modo il suo prestigio.»

Per lei era ovvio, io non ci avevo mai pensato in quei termini.

Rosanna non solo non frequentava gli uomini, ma ne aveva fatto un tema di ricerca: aveva iniziato a dedicarsi agli studi di genere in un periodo in cui nessuno sapeva neanche cosa fossero. Per lei il femminismo era una questione di potere: il potere è ingiusto, il potere è maschile, i maschi sono ingiusti, anche loro malgrado. Tante volte aveva cercato di farmi aderire alla causa, prendendo proprio noi due come esempio: «Guarda me e te» mi diceva, «proveniamo da storie così diverse, eppure abbiamo in comune molto di più di ciò che ci differenzia».

«Perché siamo donne?» rispondevo io allora, e attaccavo a cantare la canzone di Jo Squillo e Sabrina Salerno. Lei metteva il broncio, allora io smettevo, le chiedevo scusa e le domandavo di elencarmi ancora tutti gli errori di Freud e di Lacan, tutte le storture di una visione del mondo fatta a immagine e somiglianza degli uomini. La ascoltavo, perché la stimavo e le volevo molto bene, ma non riuscivo a desiderare per me il suo modo di vivere: il gruppo di autocoscienza, la frequentazione di sole donne, immaginare tutto quel parlarsi addosso mi stremava.

Quando vide che non reagivo, mi guardò con estrema serietà e poi la sua espressione divenne grave e triste. Pensai che stesse per confidarmi un fatto tragico, una violenza subita in casa da un suo familiare, invece disse: «Lo sai che in una delle prime manifestazioni femministe a Roma a chiamare la polizia perché caricasse contro il corteo furono i compagni delle donne che erano in piazza?».

La guardai stupita.

«Non lo sapevi?»

Scossi la testa e lei continuò: «Quegli uomini, che erano considerati dei rivoluzionari, che facevano parte di Lotta Continua, non sopportavano che le femmine avessero una visione politica autonoma. Preferirono scagliare contro di loro il nemico, la polizia, piuttosto che accettare che le loro mogli o fidanzate li lasciassero lì a farsi da soli caffè e fotocopie».

La guardai, lei ricambiò con un'espressione risoluta. Capii che se avessi insistito a lamentarmi del tracollo finanziario di mio padre e della depressione di mio fratello non avrei trovato comprensione. Allora cambiai argomento. Dall'indomani mi rimisi al lavoro e portai a termine la mia impresa.

Il giorno della difesa della tesi di dottorato le presentai mio padre, si scambiarono uno sguardo rispettoso e si sedettero uno accanto all'altra. Dopo, la sera, Rosanna mi raccontò che era stato attentissimo, che nonostante non conoscesse bene la lingua non si era perso una parola durante quelle quattro ore di pura esaltazione intellettuale. Fu sempre lei a spifferarmi che mia madre era arrivata in ritardo.

«Simpatica la signora, mi ha detto che era andata a visitare una chiesa famosa che stava proprio vicino alla facoltà, perché sarebbe stato assurdo non approfittarne.»

Io non mi ero accorta di nulla, intenta com'ero a rispondere a tutte quelle domande, a spiegare in un solo pomeriggio ciò che avevo imparato in anni di studio.

Andammo a cena in uno di quei ristoranti di pesce che avevo osservato centinaia di volte da fuori, sognando un giorno di festeggiarci il dottorato: mia madre prese un potage di verdure, mentre io, mio padre e Rosanna svuotammo in silenzio un enorme vassoio di crostacei, accompagnando tutto con abbondante pane e burro. Quando andai a saldare il conto, il cassiere mi disse che se ne era già occupata *madame*, e indicò Rosanna, la quale, nel frattempo, si stava infilando il cappotto. Si girò in quell'istante, le feci cenno di aspettarmi, ma lei mi salutò con la mano e si affrettò a uscire, forse in preda al panico per aver pagato la cena a un democristiano.

Ci siamo sentite per un po' dopo la mia partenza da Parigi, ma a un certo punto ho smesso di rispondere alle sue mail e lei di scrivermene. Leggo tutti i suoi saggi, però, e sento così la sua voce, ritrovo il ricordo delle nostre conversazioni, di me che ero sicura che avrei avuto il futuro che mi spettava.

TERZA PARTE

Oggi

1

Fumo una sigaretta prima di rientrare al lavoro e mi specchio nella vetrata all'ingresso dell'edificio. Le rughe intorno alla bocca sono quelle che detesto di più, a ogni boccata si ricreano ricordandomi che sono stata io, col mio tabagismo forsennato, a solcare quelle righe nella pelle. Mi biasimo solo fino a un certo punto, però, le sigarette sono stata la mia compagnia più assidua negli ultimi vent'anni. Mi giro dall'altra parte, continuo a fumare fino al filtro, getto per terra la cicca sentendomi in colpa, ed entro.

Devo presentare al consiglio di amministrazione di un'azienda un progetto di formazione che ho strutturato perché si mettano al passo con i nuovi criteri di parità di genere, buona governance e inclusione.

Ludo, la me adolescente, fa cadere nella mia testa una pioggia di critiche.

Ti rendi conto che investi la tua intelligenza per lavare la faccia al potere e dargli un aspetto presentabile?

Non le do retta, cerco di ignorare quasi sempre le sue accuse nei confronti della mia accondiscendenza o rispetto al fatto che sono diventata paurosa, che non ho più nessun tipo di ideale, non vado a una manifestazione da decenni, non sono iscritta a un partito e non scendo in piazza a ogni nuova legge promulgata dal governo di destra.

La consolo, però, quando si sente disperatamente sola e piange a singhiozzi: "Ci sono qui io" le dico, e provo a tranquillizzarla promettendole che mi prenderò sempre cura di lei. E poi le chiedo scusa, lo faccio a intervalli regolari da quando ho compiuto quarant'anni: per essere diventata proprio una di quelle donne ciniche e magre sedute al bar che da ragazzina osservavo con disprezzo, senza capire se fossero sempre sole perché erano arrabbiate o se erano arrabbiate per il fatto di essere sempre sole. Quando imploro il suo perdono per non essere riuscita a garantirle la compagnia di almeno una persona amata, lei non mi risponde. Non riesce a capacitarsi che sia accaduto davvero.

Di solito mi occupo di consulenze per bandi europei o quanto meno nazionali, questo per me è un piccolo ingaggio, ma è particolarmente ben pagato, visto che l'azienda in questione ha conti floridi e un bisogno disperato di mettersi al passo con le nuove normative, che impongono alle ditte di fare formazione per "abbracciare tutte le diversità", agevolare un "lavoro dignitoso per la crescita economica del singolo e della comunità", "ridurre le disuguaglianze e promuovere la parità di genere". Prima di andare a posizionarmi di fronte al mio uditorio, dove mi hanno sistemato un leggio, il microfono e il telecomando per far scorrere le slide, stringo la mano all'amministratore delegato e gli faccio un sorriso che dimostri sicurezza in me stessa e una certa indulgenza nei suoi confronti, visto che non fa che fissarmi il seno da quando sono entrata nella stanza.

Mentre Ludo si adira, io espongo la mia presentazione, le varie strategie che utilizzerò con i dipendenti nelle giornate formative che seguiranno. Uso un tono di voce calmo, suadente, al momento giusto faccio qualche battuta, poi ritorno seria. Quando finisco sento che è andata bene, l'applauso è partito forte e naturale. Poi, gentile e disponibile al confronto, ascolto i loro interventi: prima quello del responsabile delle risorse umane, che mi ha ingaggiato e che si fa bello del fatto che scegliere me è stata una mossa vincente, poi quello del capo produzione, che si lamenta di dover sottrarre tempo per queste attività al core business dell'azienda, ovvero la produzione di toner.

«Capisco il suo punto di vista» inizio io, dimostrando una sentita partecipazione al problema che ha esposto. «Provi, però, a ragionare sul lungo termine, a considerare queste giornate formative come un investimento in vista di una produzione migliore e maggiore.» Poi modifico leggermente il tono della voce, aggiungendo una nota di speranza, senza perdere l'approccio serio: «Io lavorerò affinché i dipendenti di Ink Esprit si sentano accolti, presi in carico, e la conseguenza di tutto ciò sarà un miglioramento delle loro prestazioni».

E non ti vergogni? Per giorni li prenderai in giro con delle fandonie sulla fluidità di genere e su come loro siano parte integrante del processo di governance, solo con l'obiettivo di farli lavorare di più.

Mentre la Ludo di un tempo cerca ancora di lottare per il proletariato, io aggiungo alcune rassicurazioni su quanto l'azienda sarà considerata all'avanguardia dal punto di vista dei clienti stranieri e quali sono i vantaggi, anche fiscali, di offrire quel tipo di formazione ai dipendenti.

Tutti si scambiano sorrisi, complimenti, come se davvero stessimo realizzando qualcosa di buono, anche se io so benissimo che quel che faremo non proteggerà in alcun modo i lavoratori e le lavoratrici, non impedirà che si sentano discriminati, né fornirà aiuto concreto se qualcuno dovesse subire episodi di mobbing.

Appena mi muovo dalla mia postazione per salutare, mi si avvicina l'amministratore delegato: «Ci tengo a farle sapere che la sua consulenza per noi è fondamentale» mi dice occhieggiando ancora il mio seno. «La sua preparazione e la sua capacità di far comprendere anche a noi, che non mastichiamo l'argomento, l'importanza di ciò che insegnerà ai nostri dipendenti sono davvero ammirevoli» e conclude toccandomi un braccio.

Cambio posizione in modo che lui sia costretto a spostare la sua mano dalla mia giacca e dal mio corpo. «La ringrazio, io fornisco il mio *know how*, ma per dare il meglio devo credere nel progetto e la sua azienda è un'eccellenza, è il terreno fertile perché consulenze come le mie possano dare i loro frutti» gli dico, mantenendo un'espressione accogliente.

La ragazzina che ero mi sta riservando tutto il disprezzo possibile.

Know how? Ma come cazzo parli? Crederci per dare il meglio, cosa sei diventata, un'americana?

«E dove lo ha imparato 'sto *know how*?» interviene con un tono leggermente sarcastico il responsabile della produzione, che nel frattempo ci ha raggiunti.

«Dopo il dottorato in Scienze Politiche a Parigi, ho iniziato a lavorare come consulente esterna per agenzie internazionali e istituzioni italiane, mi occupo di aiutare i miei committenti a rispettare le normative comunitarie, come in questo caso, o a ottenere fondi nazionali ed europei.» Lo dico come se a parlare fosse una voce registrata, avrò ripetuto la sintesi del mio curriculum migliaia di volte. «Poi sostengo i miei clienti anche nella fase successiva di progettazione per l'investimento dei fondi» continuo. «L'ultimo ingaggio prima di questa collaborazione con voi è stato con l'Università di Venezia, Ca' Foscari.»

Ca' Foscari è una sorta di formula magica, ha un potere immediato, quando la nomino le persone si zittiscono ammirate e riguardose.

«Complimenti, speriamo che le vada bene anche con noi o che almeno con tutte queste belle parole non iniziamo però a produrre meno» mi risponde lui.

«Non gli dia retta, dottoressa Montella, pensa solo al profitto» interviene di nuovo l'amministratore delegato con un sorriso sornione, rivolto soprattutto alla mia scollatura.

Se pensa solo al profitto allora è uguale a te, forse dovresti chiedergli di uscire a cena.

«L'aumento della produzione, e di conseguenza del guadagno dei miei clienti, è l'obiettivo di tutte le mie consulenze, dottore.» Gli rivolgo quel titolo anche se molto probabilmente non è laureato, e lo faccio perché chiamarlo così possa suonare come un'espressione di rispetto, mentre è un modo per sottolineare che io sono dottore di ricerca ed è arrivato il momento in cui lui stia zitto e buono. «Svolgo questo lavoro da anni ormai, e non c'è stata una volta in cui lo abbia mancato» concludo con una faccia da vera stronza.

Si allontanano entrambi, le mie parole hanno inaridito lo scambio, come volevo, generando un sentimento misto di ammirazione e repulsione. In questo modo posso andarmene. Saluto rapidamente ed esco nello spazio gigantesco adibito a parcheggio che circonda l'azienda.

Accendo una sigaretta e osservo in silenzio il panorama selvaggio di Roma, tra la macchia mediterranea e l'incuria edile, che mi dà ancora la sensazione di essere una straniera, o una turista di passaggio. Ritardo il momento in cui rientrare a casa, nell'appartamento al terzo piano di una palazzina rispettabile che mi posso permettere grazie al duro lavoro della mia mente e all'insensatezza del sistema. Se le cose andassero come dovrebbero nessuno avrebbe bisogno dei consulenti freelance, di me. Le aziende farebbero formazione solo per la sicurezza sul lavoro e metterebbero in atto le direttive per limitare davvero il numero dei morti e degli incidenti. I ministeri, le amministrazioni locali, le università si avvarrebbero delle risorse interne, giustamente remunerate e con un contratto di lavoro che prevede la malattia e la pensione, per occuparsi di ideare strategie, di partecipare ai bandi, di organizzare le politiche culturali e sociali di loro competenza. Invece, da quando il sapere è diventato *know how* ed è finito sul mercato, con lui ci sono finita anche io. Per questo passo buona parte del mio tempo a cercare nuovi contratti, nell'angoscia di non trovarne, un'altra a fingere che il progetto che mi assegnano mi interessi davvero e solo poche ore a mettere a frutto qualcosa di tutto quello che ho studiato negli anni della mia giovinezza, quando credevo che la mia intelligenza, unita al mio senso del dovere, mi avrebbe salvato la vita.

«Pronto.»

La sua voce emerge marrone e lanosa come la poltrona ormai vecchia su cui trascorre la maggior parte del suo tempo. La scusa attuale è che fuori fa troppo freddo per uscire.

«Papà, che fai?»

È sempre la prima cosa che gli chiedo, a ogni nostra telefonata, come se volessi stanarlo oppure metterlo in guardia dal non compiere sciocchezze.

«Ciao.» Mi ha riconosciuto.

Nel suo nuovo telefono non sa registrare i nomi in rubrica, quindi non sa chi lo chiama fino a che non lo sente parlare, talvolta questo non basta, nel mio caso sì.

«Sei uscito almeno oggi? So che lì è una giornata bellissima e che c'è una piccola fiera dell'artigianato proprio vicino casa tua.»

«Sto andando dal medico. Ho tre ernie, lo sai?» mi risponde con tono seccato.

«Anche io e pure trent'anni meno di te.»

«Tu devi badare a te stessa, infatti.»

È la sua risposta automatica, ormai. Ogni volta che gli faccio un'osservazione o una critica, mi ripete questa frase.

«Papà, io bado a me stessa da molto tempo.»

Restiamo qualche istante in silenzio, incapaci di contare, uno dopo l'altro, le ingiustizie e gli errori che ci imputiamo a vicenda. Non so, per esempio, se lui consideri un mio sbaglio anche il fatto che non mi sono sposata, che non ho una famiglia. In fondo sarebbe naturale che sperasse che io non sia sola, è impossibile che non abbia per me il mio stesso terrore di rimanere abbandonata senza aver messo al mondo nessuno che ha nelle vene il mio sangue, cioè il suo.

Il tempo, però, non ha fatto sì che mio padre cambiasse atteggiamento nei confronti delle angosce personali: non devono essere nominate, non meritano di diventare oggetto di conversazione, quindi si ostina nel suo silenzio. Sarà per questo, per una strenua e contorta forma di ribellione, che io invece insisto: «Dovresti uscire, fare una passeggiata, ti farebbe bene alla schiena, ma soprattutto all'umore, non passare tutto il tempo su quella poltrona».

«Esco quando devo: anche io bado a me stesso e a tua madre, non mi sembra che a farlo sia tu» mi rimette in riga. «Non ho voglia di uscire a passeggiare per il mondo, però, che è disperante. La civiltà occidentale sta finendo, voi credete che non possa succedere, ma lo pensavano anche gli antichi romani, e invece sono bastati quattro barbari e troppa ricchezza perché tutti quei secoli di dominio andassero in frantumi» mi dice e, senza lasciarmi il tempo di rispondere, mi attacca il telefono in faccia.

Mi guardo intorno, mi batte forte il cuore, sento il petto riempirsi delle parole che avrei voluto dirgli e che non ho detto, anzi delle urla che vorrei far uscire per cacciare per sempre dal mio cuore le ingiustizie che credo la mia famiglia abbia compiuto nei miei confronti. Invece sto zitta e osservo il fiume, il degrado urbano e la natura che trovano qui un'armonia malinconica. Il tepore della latitudine a cui ho scelto di vivere mi conforta, insieme al fatto che nessuno, in questa città così grande e lontana dal posto in cui sono nata, si interessa a me.

Penso poi che anche per far crollare i Montella e tutto quell'orgoglio che ci faceva credere di essere superiori e inespugnabili alla fine sono bastati quattro barbari: Di Pietro e i suoi epigoni, i santoni di mia madre, i creditori di mio fratello.

Mi soffermo a osservare la luce rosa di Roma, che rappresenta anche la ragione principale per cui continuo a viverci, insieme al fatto che qui sono riuscita, dopo anni di ingiustizie immobiliari, a ottenere un contratto di affitto concordato. Prendo a noleggio un'auto con la app del car sharing e torno nel mio quartiere, prima che le persone che fanno lavori normali rientrino a casa per cena, occupando tutti i parcheggi.

Entro al supermarket con la speranza di comprare qualcosa di soddisfacente, dicono che non bisogna mai andare a fare la spesa quando si ha appetito, per non rischiare di essere guidati dalle voglie invece che dal buon senso, ma io vorrei molto avere appetito una volta ogni tanto e magari acquistare del cibo insensato ma buono. Invece, non riesco a togliermi di dosso un'attitudine alimentare da blocco sovietico: compro sempre le stesse cose e sono tutti alimenti di prima necessità. Prendo i formaggini per farci la pastina, come ce la preparava a volte Rosa, quando aveva troppo da fare per inventarsi qualcos'altro. Prendo le uova, il tonno in scatola, il caffè, il riso e qualche verdura, scegliendo accuratamente quelle che richiedono meno lavoro per la mondatura.

Passo dal panettiere a cui chiedo il mio unico panino a lievitazione naturale e lui come ogni giorno lo pesa e mi fa: «Poi?».

«Basta così, grazie.»

Non mi vergogno di essere da sola: essere da sola è difficile, è un'impresa, pagare l'affitto e le bollette in tempo, tutti i mesi, le spese condominiali, quel cazzo di panino ogni giorno. Ma il fatto che sia un'impresa non mi rende felice, è come il dottorato. Quindi ogni tanto mi chiedo se quell'uomo mi rivolga la stessa domanda da anni solo perché lo fa con tutti i clienti o se, come in una favola, aspetti con ansia che un giorno io gli risponda: "Vorrei anche un altro panino per mio marito, e un maritozzo, sa, con la gravidanza ho le voglie...". Me lo domando mentre lui mi fa pagare con un'espressione in cui mi sembra alberghi ancora la speranza.

Quando entro in casa mi piace trovarla in ordine, arredata con buon gusto dal proprietario, ben illuminata. Ma giusto il tempo di togliere le scarpe e di mettere a posto la spesa e mi avvolge una stanchezza triste: casa per me è questo silenzio, sono le cose esattamente dove le ho lasciate io la mattina uscendo, è decidere di non lavare, anche per due giorni, l'unico piatto che sporco a ogni pasto perché tanto non rischio nessun accumulo, sono le lenzuola che restano accettabili per un mese senza essere cambiate, tanto io mi lavo ogni sera prima di entrare nel letto e il mio odore, se pure diventasse troppo forte, non lo sentirei. Casa per me è nessuno che mi chiede cosa voglio mangiare, che si arrabbia perché non lo so mai, che mi ricorda di fare la lavatrice o mi impone di guardare una serie tv che non mi piace, nessuno che mi racconta di sé, che mi parla del mondo.

Dov'è il mondo mentre io assumo posizioni scorrette sul divano guardando il cellulare? È su Instagram. Ed è un mondo davvero vario, in cui nel giro di una manciata di secondi le stesse persone sono al mare, al ristorante, si baciano, soffiano le candeline, ricordano i bambini bruciati vivi in Palestina.

Io intanto provo dolore al collo, alla schiena, non mi piace la pelle che mi è venuta sopra le ginocchia e che ricade sulla rotula con un accenno di grasso, nonostante mangi pochissimo: sono gli ormoni, o più precisamente la loro graduale diminuzione, che ha il potere di farmi ingrassare da un giorno all'altro e per sempre.

L'incomprensione tra me e il web è reciproca: la rete non sa bene in quale delle sue tante maglie infilarmi e va per tentativi. Da settimane mi propone ossessivamente di iscrivermi a uno di quegli istituti che ti permettono di conseguire il diploma da adulto, anche se io ho un dottorato di ricerca. Forse, però, è una dimostrazione della sottile intelligenza della tecnologia, perché c'è qualcosa di profondamente giusto in quella proposta: anche se avevo la media del nove, una Grande Scuola per recuperare tutto ciò che ho perso negli ultimi anni del liceo è esattamente quello di cui avrei bisogno per rimettermi al passo, come dice lo spot.

Non avendo mai neanche cercato di fare acquisti su

Instagram, l'algoritmo non può che catalogarmi con le cose che sa di me: sono una donna senza figli che ha paura di ingrassare. Per questo mi propone video di mie coetanee mentre si truccano e si struccano con svariati cosmetici e si massaggiano con macchinari di ultima generazione. Ovviamente, spesso mi fa vedere dei bambini, per esempio quelli che sfoderano sorrisi irresistibili quando indossano per la prima volta gli occhiali o l'apparecchio acustico, scoprendo il suono che ha la voce della loro mamma.

Io metto il cuore ai video che hanno come protagonisti dei fratelli: guardo e riguardo un reel in cui un fratello maggiore tiene in braccio per la prima volta la sua sorellina, e poi per l'emozione dirompente inizia a piangere. E io anche.

I fratelli e le sorelle che conosco si incontrano, almeno ogni tanto, per mangiare insieme, si parlano al telefono, magari per gestire questioni familiari, la cura dei genitori anziani. Edoardo non ha mai visto la mia casa, la strada in cui abito, la faccia del panettiere, e io sono stata ammessa a osservare il disordine del miniappartamento in cui si è trasferito solo una volta. Sono sicura che piacerebbe anche a lui *Seinfeld*, la serie televisiva degli anni Novanta che guardo spesso mentre mangio, per tenermi compagnia: riderebbe per il modo in cui i protagonisti liquidano le ragazze con cui escono per qualche appuntamento, giusto il tempo di riuscire a farci del sesso. Mi prenderebbe in giro per la cotta che ho per il più strampalato del gruppo, un omone di oltre un metro e novanta che vive di espedienti, ma ha le idee molto chiare su cosa sia giusto e cosa non lo sia, sul diritto dei fumatori a essere considerati cittadini al pari degli altri, per esempio.

Edoardo, però, non è seduto accanto a me sul divano

in stile coloniale su cui guardo la tele, per questo posso mangiare con il piatto in grembo, sbrodolarmi e pulirmi il muso con lo straccio con cui dovrei asciugare i piatti, senza che lui si faccia beffe di me come quando eravamo ragazzini e io la sera non avevo voglia di fare la doccia.

«Non ti lavi, eh? Sei proprio un porco» mi diceva passandomi accanto, mentre io, in poltrona, mi godevo la comodità di una tuta di morbidissimo cotone e mi toccavo continuamente i capelli anche se mia madre diceva che così si rovinavano.

Eppure questo modo in cui riesco a stare da sola è possibile solo perché un tempo, quando era più necessario, negli anni in cui si impara a addormentarsi al buio, a non avere paura di tornare a casa da sola, a scegliere tra Ayrton Senna e Cristina D'Avena, Edoardo era sempre con me.

2

Guardo regolarmente la pagina Instagram di sua moglie. Nei giorni in cui litighiamo di più lo faccio in modo ossessivo, cercando nelle sue storie informazioni su dove si trovi lui, se siano insieme e cosa stiano facendo. Nei momenti in cui siamo sereni, invece, quando in me non prevale il desiderio di liberarmi di questa relazione, la cerco sui social come farei se avessi una cotta per lei. Mi diverto a confessarglielo a cena, anche se non è un buon modo per far funzionare il nostro primo incontro dopo oltre un mese di lontananza e litigi al telefono.

«Quindi stai con me perché ti piace mia moglie?» mi chiede attonito.

«Non ho detto questo, però non posso più escludere che spiarla ogni giorno sui social significhi che in qualche modo la desidero.»

«Ti rendi conto di quello che dici, Ludovica?»

Gli indico un romanzo che troneggia da mesi sul mobiletto all'ingresso e che lui finora ha ignorato. È il racconto in prima persona di una donna ossessionata dall'amante di suo marito, la quale alla fine si rende conto di come tutta quell'attenzione sia causata dal desiderio che prova per lei più che per lui, ormai. L'ho comprato solo per farglielo vedere, è un tentativo maldestro di vendicarmi: insinuare in Giulio il dubbio che la mia curiosità verso sua moglie vada oltre il bisogno di sapere dov'è lui, come passa il tempo quando non è con me, come si comporta nella sua vita sentimentale legittima. Fargli credere che nasca dalla mia voglia di lei.

La mia tecnica non funziona però: «Non mi interessa di quello che c'è scritto in quel libro, mi dà fastidio che tu la spii».

«Dovresti ringraziare che io mi limiti a spiarla senza dirle niente» gli rispondo incattivita. «Sei tu la ragione per cui siamo in questa situazione, sei tu che le menti, la inganni e ci tradisci entrambe, non puoi permetterti di provare anche fastidio.»

Non riesce a controbattere, si vendica facendo il muso, finisce di mangiare e va a letto.

Nonostante la nostra sia una relazione clandestina, non è così avventurosa da non avere la sua routine. Quando lui viene a casa mia o io lo raggiungo nell'atelier dove scolpisce, in campagna, viviamo, anche se per pochi giorni al mese, le nostre abitudini. È lui che fa il caffè la mattina, perché io sono ancora lenta a uscire dal sonno e resto incantata a fissare il vuoto per almeno venti minuti al tavolo della cucina con la tazza in mano. Lo sa e non cerca di fare conversazione, bevendo il caffè ascolta la rassegna stampa, mentre io non mi interrogo più su come spiegare a un extraterrestre le fasi della costruzione di una moka, per esempio. Ormai ho capito che se dovessi sopravvivere alla fine del mondo non sarei utile alla popolazione del futuro e lo dichiarerei subito. Penso invece, seppur a rilento, a come potrei liberarmi una volta per tutte dell'uomo che mi ha preparato la colazione.

La mia strategia, l'onda di risentimento che faccio montare dentro di me con i ricordi di appuntamenti mancati, bugie, assenze, assenze, assenze, fallisce regolarmente perché ogni volta che passiamo un'intera giornata insieme lui va a fare la spesa. È l'unica cosa che ha in comune con mio padre. Anche Giulio sente la necessità di comprare ogni giorno del cibo, per scongiurare il pericolo che il frigo risulti, non dico vuoto, ma un po' sguarnito. Non c'è mai stato un momento in cui, vedendolo rientrare con buste di verdure, pane, pesce o frutta, io non lo abbia amato.

Resistiamo come una coppia per un paio di giorni qualche volta al mese. Anche se nelle nostre poche ore di convivenza desidero spesso che se ne vada o di scappare via da lui, quando lo vedo preparare le valigie mi dispero come se senza di lui non sapessi sopravvivere.

«Perché fai sempre così?» reagisce snervato. «Quando me ne vado mi torturi con la tua disperazione. E poi molto spesso sei tu che non puoi vedermi a causa del lavoro. Hai mai dato la priorità alla nostra storia invece che al tuo lavoro?»

Io lo fisso con il viso contratto dalla rabbia.

Ma quale disperazione? Vorrei che tu te ne andassi per sempre, sei brutto!

Ludo gli risponde urlando mentre io, ammutolita, lo osservo uscire con la sua valigia di scarsa qualità, restando seduta al tavolo della cucina.

I primi tempi mi tormentava l'idea che tornasse da sua moglie, mi angustiavo chiedendomi se anche con lei insistesse nel farle mangiare delle porzioni più abbondanti di frutta e verdura, o se le comprasse le primizie, se dormissero abbracciati come facevamo noi. Passavo ore a cercare sui social le tracce della loro confidenza. Poi un giorno ho letto in un commento su Facebook che lei lo chiamava "Bubu". Mi sono sentita come se avessi immerso le mani in un formicaio e mi sono sdraiata a terra, priva di forze: ho sempre collegato l'attrazione che provo per Giulio con la sua virilità. Osservandolo ammirata mentre lavora il legno o la pietra per le sue sculture, aggiusta la mia bicicletta, la sua auto, la caldaia, o mentre trasporta mobili, giustifico con me stessa il mio desiderio di stare con lui, anche se per così poco: il tempo che avanza dalla sua vera vita. È la versione del maschio alfa che mi posso permettere, quella che ha sposato un'altra.

Per la maggior parte del tempo, invece, a quanto pare Giulio è Bubu, l'amico piccoletto di Yoghi, un tenero orso in miniatura che sembra sempre strafatto. La consapevolezza del ridicolo ha rimpiazzato la disperazione: è ridicolo lui che si fa chiamare così, ma lo sono di più io che pensavo di essere l'amante di Batman e invece ho una storia, per di più clandestina, con Bubu.

Non gliel'ho detto, coltivo come una pianta delicatissima il distacco nato leggendo quel commento, come se invece del figlio di cui tante volte abbiamo parlato – quel bambino impossibile per cui abbiamo litigato così forte – a crescere insieme a noi fosse un pupazzo, un orsacchiotto che mi tengo stretto per ricordarmi che Giulio non è affatto il mio amore, è solo il giocattolo di un'altra donna.

«Tu vorresti stare con un impiegato che torna a casa da te ogni sera alle diciotto e ogni tanto ti porta a fare un weekend in un posticino romantico...» mi dice al telefono, mentre io cerco di oppormi sia all'ipotesi di non vederlo nel giorno che avevamo stabilito, sia alla possibilità che lui faccia ancora parte della mia vita. Con Giulio vivo il conflitto costante tra il bisogno di sapere che c'è, anche se in quel suo modo monco, e la consapevolezza che la sua presenza intermittente e sua moglie mi fanno male, che dovrei liberarmene come si fa con un dente malato.

Che cos'ha contro gli impiegati? Come si permette di par-

lare in questo modo di qualcuno che lavora, lui che non fa un cazzo dalla mattina alla sera se non giocare con lo scalpello e solo quando gli va?

Non gli rispondo con le parole di Ludo, ma gli faccio notare che la nostra relazione non può basarsi esclusivamente sulle sue disponibilità, quindi su quelle di sua moglie.

«Io ci sono solo giovedì, se per te non va bene vuol dire che prima di rivederci aspetteremo altre tre settimane» ribatte con la sua solita freddezza.

«Ti faccio sapere» chiudo, «ora devo lavorare.»

Ma perché non gli dici chiaramente che non lo ami, che neanche lo stimi? Che hai solo paura di rimanere completamente sola e che questa è l'unica ragione per cui non hai ancora chiuso la vostra relazione? Perché ti comporti come una pecorella che non riesce a liberarsi dalla voglia del lupo?

Sospiro nello specchio del bagno, cerco di tendere la pelle della fronte che si arriccia terribilmente ogni volta che Ludo mi parla, come se quella sua baldanza esistesse ancora in me, mentre è l'inerzia che ha preso il suo posto.

In questi giorni mi sto occupando di aiutare un'agenzia di comunicazione a vincere un bando nazionale per la creazione di contenuti multimediali e editoriali destinati a diversi comuni del Sud Italia, quelli che adesso vengono chiamati "borghi" e che sono diventati le scenografie perfette per il presepe vivente, visto che gli abitanti veri sono tutti emigrati. È il nostro secondo incontro e abbiamo deciso di vederci con tutta l'équipe in uno dei centri che verrebbero coinvolti nel progetto.

Sono un gruppo variegato di persone, che condividono il fatto di non abitare in Calabria e la convinzione profonda che quelli che ci vivono, invece, siano diversi, non solo per il modo di parlare o per le abitudini alimentari.

Lo sono come sono diversi i contadini se tu possiedi la terra che loro lavorano, diversi come le domestiche che fanno le pulizie in casa tua, le signore che lavano le scale del tuo condominio, insomma, di quella diversità innominabile che si chiama inferiorità.

Il direttore dell'agenzia è un uomo di circa cinquant'anni, decisamente in forma, che per l'occasione ha deciso di sfoggiare uno stile etnico: pantaloni di cotone e blusa in canapa. Mi propone di fare un giro in paese, per quella che lui definisce una perlustrazione, infatti si aggira per le strade deserte con un'espressione compiaciuta, come un cacciatore durante un safari.

«Questo posto è meraviglioso: che potenziale!» mi dice passeggiando tra le case abbandonate, in cui ancora si scorgono tracce della vita degli abitanti che hanno deciso di andarsene perché non sopportavano più quell'isolamento o perché hanno dovuto farlo, alla ricerca di un lavoro che qui non trovavano: vasi davanti alla porta, lembi di tenda dietro i vetri sporchi.

Poi continua: «Bisogna far capire agli investitori che queste zone abbandonate sono una miniera d'oro, che ci possono fare qualsiasi cosa: alberghi, ristoranti, quei percorsi nella natura che vanno di moda ora...».

Lo guardo interrogativa e lui va dritto al punto: «Voglio dire che il nostro progetto deve comunicare che qui si può fare business. Certo, dobbiamo anche metterci un po' di fuffa intorno, tipo la cultura, la riscoperta delle tradizioni, il territorio...».

Ma chi vuole far arricchire questo? I padroni delle aziende dove lavora chi ha dovuto emigrare da qui? O magari qualche bell'imprenditore svizzero che non sa più dove mettere i soldi e quindi li può buttare nella savana d'Europa?

«Proprio rispetto al territorio, non so se hai notato che

siamo circondati da rocce calcaree, friabili, e per di più in una zona sismica» preciso.

«Questi non sono fatti miei, non sono io che devo costruire qui, noi dobbiamo vendere l'immagine di questi luoghi: il restyling. Per vincere il bando dobbiamo dire che trasformeremo questi posti disperati in zone molto cool.»

«Sì, hai ragione, è questa la strategia vincente» gli rispondo, mentre lui fissa l'orizzonte, il mare in lontananza, e a me viene in mente quella pubblicità di una multinazionale che si vendeva come un'azienda agricola a conduzione familiare, mentre praticava l'esproprio delle terre ai contadini del Sudamerica. La differenza è che in questo caso la donna Del Monte sono io, e ho detto sì.

Quando raggiungiamo il resto della squadra nella casa che hanno affittato per lavorare al progetto, li ritroviamo riuniti intorno al tavolo, carichi di un entusiasmo quasi isterico. Si affannano per propormi tutte le idee che in mezza mattinata hanno maturato per rigenerare il territorio.

La questione meridionale esiste dal 1861 e ancora non è stata chiusa, ma questi l'hanno risolta facendo colazione. Che geni, anzi, che smart...

Io prendo appunti, annoto tutte le proposte finalizzate a riempire le varie sezioni in cui si articola il bando, ovvero i passaggi da realizzare per trasformare un paese che un tempo era abitato da piccoli allevatori e casalinghe nel posto ideale per stare offline e godersi il relax rimanendo eco-friendly.

L'idea che va per la maggiore è quella di organizzare eventi culturali: rassegne letterarie, talk, mostre fotografiche. In questi progetti di riqualificazione di zone industriali, abbandonate o povere arriva sempre quel momento in cui i clienti, che in realtà vogliono lucrare proprio sulle condizioni di marginalità di quei luoghi, si sentono improvvisamente pervasi dallo spirito santo della cultura e si comportano come dei missionari, convinti di portare il bene e il bello alle popolazioni selvagge delle periferie o delle campagne dimenticate. Poi, puntualmente, iniziano a litigare perché ognuno vuole apparire più colto degli altri. Succede anche in questo caso: si mettono a snocciolare nomi di scrittori e scrittrici di cui si vantano di aver sentito parlare in un programma radio per veri intellettuali o di cui dicono di aver adorato l'ultimo interessantissimo podcast...

Allora fingo una risata compiaciuta e intervengo per dare un taglio a questa fase che mi annoia particolarmente: «La gente pensa che la letteratura sia inutile, invece voi puntate proprio sui libri come risorsa per il futuro di questo territorio».

Ma se questi leggono a stento un libro all'anno! Smettila di essere così ipocrita!

«Grazie Ludovica, sì, per noi la cultura è l'unico strumento possibile per rigenerare il territorio e quindi per gettare le basi di un futuro ripopolamento» mi risponde la vicedirettrice dell'agenzia, che sarà responsabile dei contenuti multimediali se si aggiudicheranno il bando.

Non il lavoro, l'istruzione, l'accesso alle cure mediche? Le zone semi-abbandonate del Sud Italia si rigenerano con le vostre rassegne letterarie? E il ripopolamento come pensate di farlo: volete ingravidare le donne del posto, le "locals" come le chiamate voi, con seme nordico? Chiediglielo!

«Vi lascio alla vostra discussione e ne approfitto per prendere una boccata d'aria» dico invece.

Esco da quella casa quasi correndo. Quando Ludo esagera, l'unica soluzione è una sigaretta: fumando si placa e si limita a osservare silenziosa le storture del mondo, ingoiando fuoco e sputando fumo.

Quando rientro, li trovo ancora intenti a competere fra

di loro, questa volta su chi ha gli agganci migliori per invitare quel tale fotografo o scrittore. Mi faccio consegnare la selezione di nomi che hanno compilato, toccherà poi a me trasformare tutta la loro vanagloria nel linguaggio tecnico del bando.

«Benissimo, sono molto soddisfatta del percorso che stiamo facendo insieme» aggiungo.

Perché li assecondi? Ognuno di loro vuole solo dimostrare di essere più fico dell'altro!

«Ludovica, grazie per il tuo aiuto fondamentale. La tua professionalità è d'esempio per tutti» mi dice allora il direttore, sorridendo. «Ceni con noi questa sera, vero? Mi sono informato, c'è un agriturismo qui vicino dove pare si mangi proprio tipico.»

Ovviamente, tutti smettono di parlare di libri e iniziano a blaterare di cibo: delle pietanze che vorrebbero assaggiare, di quelle di cui si sono già abbuffati, poi passano a lamentarsi del fatto che al Sud si mangia troppo e finiscono per esprimere tutti la voglia di qualcosa di leggero e di fresco.

«Mi piacerebbe molto, ma è meglio che mi metta al lavoro, con la quantità di idee che mi avete dato da rielaborare, se non inizio a pensare alla stesura del bando non riesco a stare al vostro passo! E poi è meglio che facciate team building. I momenti di decompressione per questo sono fondamentali...» suggerisco.

La realtà è che devo vedere Mariella: ha preso un volo da Torino per raggiungermi a Crotone. A volte, anche se sempre più di rado, ci diamo appuntamento nei posti in cui vado per i diversi contratti, quando lei riesce a prendersi una pausa dal lavoro e a organizzarsi in modo che Marco stia con i bambini. Per Mari si tratta di una fuga dalla routine quotidiana, fra studio legale e incombenze familiari, e per me dell'occasione di liberarmi per un po' di tutte le menzogne in cui vivo immersa quando lavoro e quando sono con Giulio.

Prendo la macchina e la raggiungo nell'hotel che ha prenotato sulla costa: sceglie sempre lei l'albergo, perché non si fida delle mie abitudini spartane.

Quando arrivo la trovo nel dehors che mi aspetta, accanto al tavolino c'è anche una bottiglia di vino bianco già nella glacette.

Ci abbracciamo con i soliti gridolini di entusiasmo, che a quindici anni non avremmo mai fatto e che oggi diventano ogni volta più acuti ed esagerati, forse perché è tanta la meraviglia di avere ancora, dopo oltre trent'anni, tutta quella voglia di rivederci. Poi passiamo a scambiarci complimenti vari: io lodo la sua capigliatura e la pelle del viso e lei la mia linea. E infine stappiamo la bottiglia.

Mari non vede l'ora di aggiornarmi su una nostra vecchia amica che lei continua a frequentare a Torino. Pare che Giuliana, dopo anni di sfortune sentimentali, abbia iniziato a fare sesso con un ventisettenne che ha conosciuto in palestra. È su di giri, mentre mi riferisce che l'ultima volta che si sono viste le ha raccontato ad alta voce in mezzo a un ristorante affollato che il suo giovane amante la fa sempre squirtare, alla faccia del suo ex marito, con cui a quanto pare non aveva mai un orgasmo.

Scoppio a ridere, contagiata dalla gioia con cui mi mette al corrente delle performance sessuali altrui. Le sono anche grata per questo ennesimo tentativo di provarmi che posso ancora essere felice, o quanto meno sessualmente soddisfatta.

«Non c'è niente, Ludo, te lo dico, niente che mi faccia più contenta di sapere che un ventisettenne desideri sessualmente una nostra coetanea, perché vuol dire che c'è speranza, ancora» aggiunge guardandomi dritta negli occhi e facendo di sì con la testa.

Le faccio notare che lei è felicemente sposata, ma come al solito glissa su questo. Mariella è l'unica persona che conosco a sostenere di non essersi mai innamorata in vita sua, neanche di suo marito, e lo dice con la stessa serenità con cui racconta ogni altro aspetto del suo carattere: senza vanto e senza biasimo. Infatti non capisce perché, invece di soffrire per Giulio, io non cerchi di ovviare alla mia solitudine mettendomi con un uomo libero, degno, da cui ricavare piacere.

Prima che lei cominci a elargirmi consigli sentimentali o a elencare tutti i difetti del mio amante – che in effetti non mi fa squirtare – in un crescendo di disprezzo, cambio argomento, cercando di estorcerle una diagnosi sulle mie rughe intorno alla bocca. A quel punto lei mi guarda quasi spaventata.

«Oddio Mari, sono così peggiorate?» le chiedo allarmata.

Scuote la testa: «Ludo, ho visto Tommaso. Era in quel bar bellissimo sotto casa dei miei, quello che fa il caffè con la panna».

«Quello sì che è un bar» le rispondo immaginando la faccia di Tommy, quella che aveva a diciannove anni, con un cucchiaio di panna in bocca e gli occhi felici. «Si è aggiustato il dente?» mi informo.

«No.»

«Ti ha chiesto di me?»

Gli hai detto che sono diventata una serva del potere? Che non ho figli, che sono sola, che non ho fatto nessuna delle cose mirabolanti a cui tutti mi credevano destinata?

«Ci siamo incrociati velocemente, mi ha raccontato che

adesso si è trasferito in Spagna, suo figlio si è iscritto a Medicina... Vivono tutti lì...»

«Cioè sta ancora con la fatina?» intervengo io.

«Sì.»

«È da trent'anni che sono una coppia. Non era poi così folle il mio desiderio di stare insieme tutta la vita: lui ha davvero creato una nuova famiglia mentre la mia andava in pezzi, solo che non lo ha fatto con me.»

«Appunto, Ludo, è passato tantissimo tempo e tu non sei più quella ragazza, devi accettarlo.»

«Hai ragione: accettazione e resa, come nel decalogo degli alcolisti anonimi. Ciao, mi chiamo Ludovica Montella e sono dipendente da un passato perfetto che non è mai davvero esistito.»

Mari fa un'espressione che conosco, benevola ma anche definitiva, non ha nessuna intenzione di affrontare di nuovo quel discorso, come se non fossero passati tre decenni. Mi versa un altro bicchiere di vino, mi informa che ha prenotato in un ristorante non lontano e che è ora di andare a prepararci.

«Bevi quello e poi vieni in camera a cambiarti» mi intima con decisione, come se io fossi uno dei suoi figli e non mi stesse indicando un calice di bianco ma uno sciroppo per la tosse. Poi mi precede in stanza per andare a fare la doccia.

Seduta a quel tavolino di fronte al mare, la prima cosa che sento è il silenzio, percepisco la differenza clamorosa tra quella pace e il caos di Roma, ma non mi dà sollievo e d'altra parte non mi manca la metropoli. Finisco il mio vino e non avverto nessun altro desiderio, non provo urgenza, non ricordo il tocco di qualcuno che mi fa una carezza mentre io mi sento felice, sono come un'anatra che non si bagna mai, anche se sta sempre in acqua.

3

Ogni volta che vado a Torino mia madre mi chiede di accompagnarla a visitare una nuova casa di riposo in vista di un suo futuro ricovero. Nell'ultimo anno ne abbiamo già viste quattro: credo che per lei sia una sorta di rito scaramantico, che io assecondo, promettendole ogni volta che in un posto del genere non la lascerò mai. Si infligge la vista di persone talora poco più anziane di lei che trascorrono il tempo a fare ciò che lei detesta: stare sempre tutti insieme, fra estranei, in tuta. Spesso i pazienti o nonni – l'espressione per definire gli anziani ricoverati varia a seconda della politica della casa di cura – sono menomati da forme di demenza senile o da conseguenze di malattie gravi. È successo che ci siamo trovate a fissare entrambe una bocca spalancata su un viso dalla barba rada, bagnata da un rivolo di saliva, dando involontariamente all'operatrice l'impressione che stessimo valutando quanto tempo avrebbe lasciato passare prima di decidersi a pulirlo. Invece, in quei momenti, ho avuto la sensazione che io e mia madre, per una volta, stessimo pensando la stessa cosa: chi saprebbe ancora amarci ridotte così?

La mattina dopo il mio ritorno incontro Edoardo, che mi dà appuntamento nel solito bar per parlare del suo ultimo post. Mio fratello ha aperto un blog sulla brutalità dell'antropocene, cioè l'attuale era geologica, chiamata così perché l'umanità si comporta come se fosse l'unica specie vivente del pianeta anziché la fonte principale di tutti i suoi problemi. Ogni settimana pubblica un aggiornamento sui vari animali che si sono estinti o che stanno per farlo: a quanto pare oltre il settanta per cento delle specie di insetti che c'erano cent'anni fa non esiste più. Oppure approfondisce i problemi delle dipendenze e dell'obesità, come conseguenze di questa prepotenza umana senza confini che non solo fa male alle altre specie, ma è nociva anche per la nostra. A volte mi manda i post da correggere, ma io devo limitarmi a rivedere la punteggiatura, al massimo mi azzardo a sottoporgli delle correzioni lessicali. Non gli interessa il mio parere su quello che scrive.

«Pensi davvero che non ci sia nessuna differenza tra gli esseri umani e gli animali?» chiedo a Edo mentre leggo il suo testo, bevendo il caffè.

«Credo che ci siano delle specie migliori della nostra, a dirla tutta, e in generale non capisco questa fissazione per la superiorità degli esseri umani. È evidente che gli alberi sono molto più evoluti di noi e lo stesso vale per molti animali» mi risponde con il tono di chi deve spiegare un'ovvietà.

«Gli esseri umani hanno il linguaggio» dico.

«Ormai è risaputo che le piante e gli animali comunicano» ribatte lui.

«Noi abbiamo il linguaggio metaforico» insisto con una certa supponenza. Non credo che quelle teorie siano ridicole, è solo che non penso che ogni azione dell'umanità sia stata orribile e lo sia da quando siamo comparsi sulla Terra. Vorrei che lui fosse aperto al dialogo, anche se so che non gli è mai interessata l'analisi della realtà, ma solo sapere cosa è giusto e cosa non lo è.

Si offende, infatti, e abbassa lo sguardo con un sorriso sardonico.

«Almeno sei contento di quello che fai?» gli chiedo con atteggiamento paternalista.

«Io non sono come te, non ho mai creduto che la vita mi avrebbe reso felice» mi risponde, come al solito più abile di me quando si tratta di tirare di scherma con le parole.

«Lo dico solo perché mi sembra che ti ci impegni molto, che tu ci tenga, in effetti è una forma di attivismo politico...» continuo con accondiscendenza, perché mi è rimasta la paura della sua fragilità, il timore che lui possa rompersi per qualcosa che io non vedo arrivare, di cui ignoro l'esistenza.

Edoardo era stato due anni esatti nell'ashram suggerito da mia madre, dove, ispirandosi alla filosofia buddhista, curavano l'anima dalla depressione e dalle tendenze suicide. L'unica volta che ero andata a trovarlo, quel posto mi aveva ricordato un centro per anziani, una fattoria, un comprensorio turistico di montagna e anche un luogo inesistente, frutto della mia fantasia.

Gli avranno fatto il lavaggio del cervello? Lo abbiamo gettato nelle fauci del leone?

Non sapevo rispondere alle domande che Ludo mi faceva mentre stavo immobile a fissare la gigantografia del maestro spirituale, guida dell'ashram, provando un certo sgomento ma anche la recondita speranza che quell'anziano signore fosse davvero un illuminato o che potesse almeno aiutare mio fratello a smettere di odiare sé stesso e tutti quelli che avevano il suo stesso sangue.

Una volta finito il suo percorso personale, Edo aveva deciso di restare nel centro ad aiutare i nuovi arrivati, nel frattempo si occupava dei cavalli che allevavano per l'immancabile pet therapy e di andare in giro per l'Italia a recuperare quelli che come lui avevano cercato di uccidersi, nonostante ci fosse qualcuno disposto a sborsare tutti quei soldi per offrire loro la possibilità di trovare ancora un senso alla vita. Mio padre aveva aperto un mutuo per pagare la retta di quel posto, che non ha ancora estinto.

Rientrato a Torino, ha iniziato a lavorare come bidello, prima per delle brevi sostituzioni e poi via via per incarichi più lunghi.

«Non trattarmi come se fossi scemo, Ludovica. Certo che è attivismo politico, e siamo in milioni a pensarla così, forse questa volta sei tu l'ignorante, sorellina. E sono contento di lavorare a scuola, sì.» Finalmente risponde alla mia domanda. «Sono utile e faccio un lavoro in cui non devo dimostrare niente a nessuno. Certo, nostro padre non è esattamente entusiasta del fatto che il suo primogenito sia un bidello frocio.»

«Ma ne avete mai parlato?»

«Di come scopo bene le aule dopo il suono della campanella?»

«Edo...»

«No. Sono troppo vecchio per fare coming out, Ludovica.»

Nello stesso bar orrendo in cui quella mattina agghiacciante mi aveva mostrato le prove del suo tentato suicidio, mio fratello ha le mani e il viso esageratamente sporchi della cioccolata che c'era nel suo croissant. Gli indico i punti in cui è macchiato e lui si pulisce in modo sommario, lasciandosi addosso delle tracce di cui non è affatto consapevole e su cui io taccio perché mi piace vederlo così: sporco di gioia.

«Perché mi porti sempre in questo posto così brutto?» gli chiedo, dirottando il discorso. «Qui abbiamo ricordi tremendi... quasi come questo arredo di finto legno» dico indicando il nostro tavolino e quelli a fianco. «Sembra un centro privato per la procreazione assistita.»

«Ci sei stata di recente?» ironizza lui.

«No, non ho problemi di fertilità. Ho problemi di solitudine e di naturale, inesorabile invecchiamento che la chimica non può risolvere.»

«Hai già visto mamma?» mi fa allora.

Ci sorridiamo. Il collegamento tra nostra madre, che fra integratori, diuretici, lassativi per il dimagrimento, coadiuvanti per il sonno e la crescita dei capelli assume circa venti pasticche e bustine al giorno, e i limiti della chimica risveglia la complicità sopravvissuta di fratello e sorella, di due che sanno alcune cose allo stesso identico modo.

Approfittando di quel momento di sintonia, gli chiedo se gli va di venire a cena a casa dei nostri genitori e lui accetta, poi ci salutiamo. Non gli dico che sono diretta all'università.

Mi hanno invitata a partecipare alla giornata di studi dedicata alla memoria del professor Ferruccio: dell'organizzazione si è occupata Giovanna, una mia ex compagna di corso che gli è subentrata nella cattedra di filosofia politica quando lui è andato in pensione.

L'incontro, fitto di interventi, si svolge in un'aula della Biblioteca Tabacco, dove ho passato ore, giorni, anni a studiare, e che è rimasta identica, almeno lei. Arrivo con leggero ritardo, trafelata ma sorridente per la gioia che mi dà ritornare in quel posto, nonostante Palazzo Nuovo sia sempre un edificio bruttissimo.

Ludo tace e si guarda intorno cercando di sovrapporre a ogni angolo il ricordo di com'era. Giovanna mi saluta con una certa freddezza e mi guarda con circospezione, come se ancora in qualche modo potessi costituire per lei un pericolo, sebbene io sia fuori dai giochi accademici da anni e non ci sia modo per risalire su quella giostra, una volta che hai perso il tuo giro. A me viene invece spontaneo salutarla con un certo trasporto, ringraziandola per l'invito. Sono contenta di essere lì, sono curiosa, sento dopo tanto tempo quel desiderio nervoso di dimostrare che sono bravissima. Ludo gongola, chiedendo agli studenti seduti fra il pubblico notizie dell'uno e dell'altro ospite invitato a parlare: non conosco quasi più nessuno ormai.

Durante i primi interventi cerco di controllare le espressioni del mio viso, l'incredulità di fronte a tanta sciatteria. Ho l'impressione che da quando studiavamo con Ferruccio il livello sia precipitato. C'è una sua grande foto appesa al muro dietro il tavolo dei relatori, lo guardo ogni tanto immaginandomi le freddure che riserverebbe ai vari studiosi che prendono la parola.

Tocca a me e sono agitata, ma non per le stesse ragioni per cui lo ero un tempo, quando ogni seminario o convegno era l'occasione per dimostrare di avere il diritto di andare avanti, di vincere la competizione per uno dei pochi posti in lizza. Sono tesa perché non so cosa ci faccio lì. Sul programma hanno scritto che lavoro ancora a Sciences Po e tutti sono convinti che io insegni a Parigi. Invece non appartengo a nessuna istituzione, non c'è nessuno che ogni mese mi dà lo stipendio anche quando non me lo merito, come accade invece a molti dei presenti. Dopo il mio intervento, diversi di loro mi accerchiano per chiedermi approfondimenti o referenze bibliografiche, come accadeva quando prendevo la parola nei seminari di Ferruccio.

Queste persone non sanno niente! Non sono neanche degne di allacciarti le scarpe, perché non ci sei riuscita? Come è possibile che loro ce l'abbiano fatta? Perché non sei una docente universitaria anche tu?

Non so rispondere a Ludo, vorrei dirle che non siamo adeguate a quel sistema di potere, ma è più una giustificazione che dovrebbe rifilare lei a me, quindi decido di andarmene. Quando faccio per salutare Giovanna, mi riferisce solo che avrebbe voluto farmi una domanda alla fine del mio intervento, ma che se l'è dimenticata. La sua maldestra provocazione cade nel vuoto: non sento più il bisogno di dimostrarle che sono più preparata di lei. Non è servito a nulla in passato, anzi: ho perso nonostante fossi la più brava, non è forse la sconfitta peggiore?

Uscendo, guardo un'ultima volta la foto di Ferruccio, immaginando le critiche che avrebbe riservato anche a me per il lavoro che faccio, per il modo in cui investo il mio talento. Poi, però, distolgo lo sguardo: non devo più rendergli conto di nulla.

Quando rientro nell'appartamento dei miei, passo a salutare mia madre in camera, dove trascorre ormai quasi tutta la giornata, sdraiata a guardare video di mindfulness su YouTube, reel su Instagram sulla respirazione consapevole e post di Facebook per curiosare nella vita dei suoi conoscenti. Non mi chiede dove sia stata tutto il giorno e io le dico solo che ho visto Edoardo e che sarà a cena con noi.

«Mi auguro che tuo fratello non venga qui per insultarmi, perché questa volta lo caccio fuori di casa, sappilo» mi dice prima di rimettersi a guardare il telefonino.

Nonostante la mia insistenza, si rifiuta di spiegarmi a che cosa si riferisca. È mio padre che più tardi mi racconta a bassa voce, mentre monda le zucchine per preparare il piatto preferito di Edoardo, che l'ultima volta che mio fratello è stato lì ha pensato bene di rinfacciarle la sua storia con Emanuele Corda.

«Come gli è venuto in mente?» chiedo, mentre dentro di me penso che avrei tanto voluto esserci.

Mio padre accenna un sorriso: «A quanto pare di recente Edoardo lo ha incontrato qui a Torino. Ce l'ha raccontato e poi ha detto a tua madre che non si capacitava di come avesse fatto a stare con un tale cialtrone» mi riferisce, scuotendo la testa con un'espressione soddisfatta.

Ovviamente mio fratello avrà usato la parola "coglione", penso.

«E lei cosa gli ha risposto?» domando, ma mio padre ha già smesso di ascoltare. Da circa un anno ho notato che sente solo se si parla a una certa frequenza, con un tono di voce che non è né troppo alto né troppo basso, e che si assenta sempre più spesso. Non insisto, del resto non dev'essere piacevole parlare dell'ex amante di sua moglie. Gli ricordo di accendere il forno per farlo riscaldare, prima di mettere a cuocere la quiche di zucchine, e di spegnere il fuoco sotto gli asparagi.

Più tardi, mentre siamo seduti a tavola in quella cucina striminzita, in cui mentre ceniamo mi devo sempre alzare per permettere a mio padre di aprire la porta del frigo e prendere quello che ha dimenticato – il vino, il parmigiano, la mostarda per la bistecca –, Edoardo parla nervosamente, lamentandosi della preside della scuola in cui lavora, figlia di uno che era iscritto alla sezione della Dc quando Arturo Montella ne era segretario.

«Papà, ma hai capito di chi ti sto parlando? Come fai a non ricordartela, l'avrai vista cento volte!» gli dice Edo con prepotenza.

«Sì, sì» fa nostro padre distrattamente. «Vorrei vendere quella statua di Murano, la sirena» continua, come se non avesse ascoltato neanche una parola di quel che ha detto suo figlio.

«Nella tua vita hai conosciuto migliaia di persone, qualche centinaio sarà ancora vivo, cerca qualcuno che possa aiutarti, cosa vuoi da me?» gli risponde allora Edo.

Quest'uomo si è svenato per te! E continua a farlo per pagare i tuoi debiti e l'affitto del minuscolo appartamento in cui è finito a vivere, dovresti baciargli i piedi.

Fisso lo sguardo nel piatto per non incrociare gli occhi di mio fratello e svelargli cosa sta pensando Ludo.

«Ti ricordi? Quell'artista ci disse che era piaciuta anche a Carlo d'Inghilterra quando era stato in visita nel suo atelier» interviene mia madre, evitando come al solito di prendere parte ai confronti tra i Montella.

Papà annuisce, mi sembra stia agonizzando nel suo cantuccio striminzito, tra Edoardo che lo guarda con disprezzo e mia madre che lo ignora, assorta nei ricordi di quando eravamo ricchi.

«Il decreto sicurezza è una follia» dichiaro allora con voce stentorea. Non ho mai conosciuto nessun altro modo per comunicare con mio padre se non attraverso la politica, e non c'è nessun altro argomento su cui lui abbia continuato a reagire, come se si sentisse ancora vivo.

«Certo, però questo governo ha una maggioranza molto salda in Parlamento, che va rispettata» mi risponde subito.

«Sì, eletta da chi? Ha vinto l'astensionismo, non loro»

ribatto. Mio padre ignora lo sforzo che sto facendo. Da molto tempo la politica ha smesso di essere per me la strada di casa: in democrazia uno vale uno, mi sono sentita ripetere centinaia di volte da lui, ma ciò che ho imparato nella realtà è che uno può valere anche un milione e un milione di persone valere nient'altro che zero.

«In ogni caso quei partiti sono stati regolarmente votati dalla maggioranza degli italiani. Neanche a me fa piacere, ma si tratta di una scelta che va tenuta in considerazione» continua, ma io smetto di ascoltarlo, tanto lui sta parlando con Ludo, non gli interessano le idee della donna che gli sta di fronte, non vuole saperne niente della mia disillusione rispetto al sistema, né del mio cinismo.

Mentre nostro padre continua a ragionare, ormai da solo, sulle origini della democrazia, citando Solone, mia madre si alza da tavola per fare un bagno caldo: lo fa tutte le sere e poi si cosparge le giunture di unguenti che dovrebbero placare lo stato infiammatorio indotto dalla sua artrosi, così ha la scusa per non lavare i piatti. Ora che non c'è più nessuna signora delle pulizie, tocca a nostro padre.

«Posso parlarti un attimo?» chiedo allora a Edo.

Lui annuisce e io lo precedo nello stanzino in cui dormo su una brandina pieghevole.

Quando entra gli faccio segno di chiudere la porta.

«Papà sta invecchiando e non ha nessun senso che tu sia aggressivo con lui, non è colpa sua se ha qualche vuoto di memoria o se talvolta si assenta» lo aggredisco.

«Grazie, Ludovica, di questa informazione illuminante, non so se hai notato che non capisce solo quando io parlo del mio lavoro...»

«Basta!» gli urlo e lui si zittisce, non è abituato a sentirmi alzare la voce, nessuno dei Montella lo fa mai, è cattiva educazione. «Ci hai mandato sul lastrico, non è sufficiente come vendetta? In quel posto *new age* dove ti sei curato, oltre a insegnarti che l'umanità fa schifo e che gli scarafaggi e le cavallette sono molto meglio di noi, non ti hanno spiegato che non è colpa nostra se sei ricchione?» Stavolta resto io in silenzio, ammutolita da quello che ho appena detto.

«Allora ce l'hai il coraggio di dirmi che sono un ricchione» mi fa lui. «E tu sei una zitella» aggiunge subito dopo.

Ci guardiamo, a entrambi viene da ridere.

Mi siedo sulla mia branda, Edo si mette accanto a me e io gli prendo la mano.

«Il grande destino dei Montella...» dice lui, ironico.

«Come faremo?» gli chiedo. Intendo a sopportare lo spettacolo di nostro padre che si indebolisce, della sua mente che perde smalto, ad accettare che prima o poi nostra madre non avrà più la forza di fare il bagno da sola.

«Forse, se restiamo uniti...» mi risponde. «Non c'è niente che un ricchione e una zitella insieme non riescano a fare.»

4

«Io non mi separo mai da mia figlia» dice l'estetista.

Mentre mi massaggia il viso mi ha parlato di un viaggio che sta per fare, e io le ho chiesto se sarebbe partita da sola.

«Tu non hai figli, vero?» mi chiede poi. Forse me lo ha letto nei pori.

«No.» Fino a qualche anno fa una conversazione del genere sarebbe proseguita con la mia interlocutrice che aggiunge: "Be', puoi ancora farli", o in un passato ancora più remoto: "Prima o poi arrivano". Invece lei è stata zitta e io anche.

Negli ultimi tempi, tutte le volte che un medico mi ha prescritto degli esami del sangue di routine, tornata a casa mi sono rammaricata di non aver chiesto un check up ormonale. A volte penso che i valori siano talmente bassi da posizionarsi sotto lo zero, altre che potrei invece costituire un'eccezione ed essere ancora fertile a dispetto della mia età, delle statistiche, del fatto che se cammino per più di dieci minuti mi sento mancare le forze e ho bisogno di un caffè zuccherato.

Con Giulio è sempre stato un discorso inutile: lo abbiamo affrontato decine di volte senza mai concluderlo.

«Non è che non voglia avere figli, è che non lo so. A mia moglie sta bene così, lei si è messa l'anima in pace. Farlo con te, col fatto dell'età, comporta che dovrei decidere tutto adesso: lasciarla subito, andare a vivere insieme noi due, iniziare un percorso di fecondazione assistita...» mi ha detto l'ultima volta che ne abbiamo parlato.

Mi aveva raggiunto a Lisbona, dove mi trovavo per lavoro, e stavamo facendo una passeggiata. Io avevo avuto la sensazione che fossimo accerchiati da bande di genitori contenti, erano ovunque volgessi gli occhi. Per questo avevo iniziato a considerarmi il più incapace degli esseri umani: una donna senza figli. Poi avevo alzato lo sguardo su Giulio, accanto a me, e avevo rovesciato la colpa su di lui.

«Abbiamo una storia da cinque anni: se la lasciassi adesso non sarebbe frutto di una decisione affrettata» gli avevo risposto. «Però, in fin dei conti, come biasimarti? Sei un maritino viziato che vive nella villa della moglie e fai l'artista capriccioso con me, che ti aiuto a ottenere i finanziamenti per le mostre e ti ho dato anche gli ultimi anni della mia fertilità.»

«Non te li ho mai chiesti» mi aveva detto.

Ha ragione, non lo ha fatto, mentre io forse ho scelto di stare con lui per potergli dare la colpa di un'indecisione che non ho saputo risolvere. Io non ho mai capito se volevo dei figli: ho dato per scontato che sarebbe accaduto. Del resto, se non capita la nascita, la prosecuzione della specie, allora cosa capita? La morte capita, inevitabilmente, e io ho creduto che la vita anche capitasse. Invece mi ha scansata o io ho dribblato lei, ma pure nella mia ferrea volontà di attribuirmi tutte le colpe possibili, anche se nel cuore della notte mi sveglio di soprassalto, insultandomi per non aver saputo fare quello per cui non è necessario nessun talento – rimanere incinta –, quando ci rifletto con più lucidità cambio idea. Come avrei potuto davvero vincere io contro la vita? È lei che ha deciso che nei miei fianchi non si facesse spazio un bambinone a spostarmi le ossa del bacino coi piedi, che io non potessi appellarmi alla possibilità di attribuire, anche nei momenti peggiori, un senso alla mia vita: ho messo al mondo Pietro o Ada, ho fatto almeno quello per cui in fondo esiste il mio respiro, cioè continuarmi.

La vita lo ha deciso, e mia madre è stata d'accordo.

Mi ha sempre detto, con un'apprensione che sembrava sincera, che non riusciva a immaginarmi capace di partorire, né tanto meno di prendermi cura di qualcuno che dipendesse da me, a cui dedicarmi giorno e notte. Non mi ha mai chiesto se, a dispetto della sua opinione in merito, io avessi avuto intenzione o desiderio di fare dei figli e, più avanti, se magari avessi il rammarico o addirittura la disperazione di non averli fatti.

Spesso quando torno a Torino vado a trovare Rosa, che in una casa di cura ci sta per davvero e non riesce quasi più a camminare, ma è ancora lucida. Appena arrivo mi saluta con un bacio sulla guancia e mi dice: «Pia le carte» e poi mi fa segno di sedermi accanto a lei. Durante le nostre mani a scala quaranta mi chiede regolarmente dei miei genitori e si mostra contenta della notizia che siano ancora in buona salute, del resto lei ha solo qualche anno più di mio padre, anche se la fatica che la vita le ha imposto la fa sembrare ben più vecchia.

Sono certa che i suoi figli l'abbiano messa lì per una sorta di ripicca, per vendicarsi del fatto che quando loro avevano ancora bisogno delle sue cure lei non c'era, perché si occupava di noi. Mi racconta che a volte si confonde e chiama sua nipote col mio nome, Ludovica, e sua figlia regolarmente si offende.

«Non lo faccio mica apposta, neh, è che voi mi siete rimasti nel cuore.»

Mi piace andare a trovarla perché le voglio bene, ma soprattutto perché niente di quello che è successo ha intaccato non solo il suo affetto per me e Edoardo, ma anche la sua convinzione che noi siamo migliori degli altri: siamo i Montella. Rosa è l'unica persona di fronte alla quale mi sento ancora speciale, e poi ogni volta che mi vede mi dice che sembro più alta e quando le rispondo che non è possibile, che fra un po' ho l'età per iniziare ad accorciarmi, lei scuote energicamente la testa, come se l'idea stessa che io possa invecchiare fosse inconcepibile.

Mia madre è molto gelosa di queste visite.

«Stai qui per pochissimo tempo e devo anche dividerti con lei, ancora.»

Abbiamo discusso molte volte sul ruolo di Rosa, specialmente quando ha deciso di mandarla via. Col tempo, ho capito che per lei è impossibile comprendere il mio punto di vista, esattamente come per me è inaccettabile il suo. Lei si sente come se Rosa avesse usurpato il suo ruolo di madre, mentre io mi ricordo benissimo che Marina Veglio non aveva nessuna voglia di esercitarlo quel ruolo, che il tempo che trascorreva in casa durante la nostra infanzia si limitava al sabato pomeriggio e alla domenica, e nella maggior parte dei casi lo dedicava al lavoro, o a piangere per un litigio con nostro padre e poi a fare shopping.

Quando vado a trovarli, spesso ma sempre per pochi giorni, mio padre viene a prendermi in auto alla stazione e immancabilmente, qualsiasi sia il volume o il peso della mia valigia, me la prende dalle mani e la porta lui, poi la solleva e la mette nel portabagagli, generando in me un misto di stupore, ammirazione e tenerezza soffocante. Mia madre non è mai venuta, neanche una volta: mi aspetta in casa, ben vestita e con i capelli in piega. Quando apre la porta mi appare il suo volto perfetto, sufficientemente paffuto da non avere quasi traccia di rughe, e mi incanta. Resto immediatamente preda della sua volontà.

«Come sei bella, mamma» le dico appena la vedo, subito vittima del suo incantesimo.

Mi sorride, ho la sensazione che abbia un calcolatore di complimenti che da decenni ormai ha raggiunto la quota massima, per cui i nuovi apprezzamenti non vengono più immagazzinati. O forse, dà talmente per scontata l'ammirazione che hanno sempre suscitato i suoi occhi celesti, la bocca carnosa ma elegante, i seni alti e abbondanti e tutti quei capelli, che rispondere le pare superfluo. Lei invece non commenta mai il mio aspetto, ma, come d'abitudine, spesso critica i miei vestiti o gli abbinamenti di colore che ho scelto.

«Ludovica, dobbiamo occuparci di tante cose nei pochi giorni in cui sei qui» mi dice subito.

Intende che devo svolgere delle commissioni per lei e farle da autista. La accompagno a ginnastica, dalla parrucchiera, oppure mi spedisce nelle sue boutique di fiducia per acquisti che poi regolarmente mi fa restituire, perché ho sbagliato taglia o modello e soprattutto perché sa che sarei io a doverli pagare, e quindi si accontenta di fingere di essere ancora una ricca signora, impossibile da accontentare.

Non mi fa nessuna domanda: non sa se ho una relazione, non sa quanto guadagno, ma sa che lavoro tanto, e questo è tutto ciò che conta per lei. Mia madre ha sempre avuto una posizione molto chiara in merito: per una donna il proprio impiego è prioritario, su tutto, e infatti l'unica strategia che funziona per arginare il suo bisogno illimitato di essere servita da me come una regina, seppur spodestata, è dirle che devo lavorare.

«Mamma, domani parto» le comunico quando mi raggiunge in cucina con una lista di cose da fare in mano, mentre sto bevendo il caffè.

«Questa volta non hai resistito neanche tre giorni» commenta.

«Mi hanno ingaggiata per un progetto, è un bando di cooperazione internazionale, sono sempre quelli più pagati.»

«Un buon lavoro non si rifiuta mai, Ludovica.» Si siede di fronte a me e inizia a osservare delusa la sua lista.

«Provo a fare tutto oggi, ok?» le dico.

«Te ne vai?» interviene mio padre.

«Dopodomani devo essere a Parigi» gli spiego.

È entrato in cucina con le borse della spesa: la sola vista del suo corpo invecchiato, della polo e della sua leggera gobba mi trafigge. Mi sembra di abbandonare in mare un uomo che sta affogando.

Percepisce immediatamente di puzzare di vittima e mi attacca.

«Con l'università non stai più facendo niente? Quel saggio che stavi scrivendo lo hai abbandonato, volevano pubblicarlo, mi pare, dovevi solo lavorarci un po'. Anche se è passato del tempo potrebbe servirti» mi rinfaccia a bruciapelo, senza rendersi conto che in realtà sono passati almeno dieci anni e che adesso dovrei riscriverlo quasi da capo.

«A cosa? Sai benissimo che non mi sono potuta permettere la carriera accademica e che ormai sono fuori dai giochi da anni.» Non gli racconto neanche della giornata di studi in memoria di Ferruccio a cui ho partecipato: la notizia che a organizzarla è stata Giovanna gli darebbe solo dispiacere.

«Hai fatto le tue scelte» mi risponde.

«Interessante rimozione la tua.»

«Cosa intendi, Ludovica?»

Non riesco a trattenermi: «Non ho scelto io che la mia famiglia smettesse di fornirmi gli ammortizzatori economici indispensabili per lavorare con contratti intermittenti all'università, non ho scelto di dover pagare l'affitto ogni mese, non ho scelto di non essere più una privilegiata».

Questa volta Ludo non ha niente da aggiungere.

Più tardi, quando mi accompagna alla stazione, mio padre sale sul treno con me, siamo in anticipo. «È meglio se non torni più per un po'...» mi dice mentre sistema la mia valigia nella cappelliera.

Si è offeso perché gli ho detto la verità, quindi prova a mandarmi via di nuovo. Lo guardo atterrita, ma non dico nulla. A lui vengono le lacrime agli occhi e scende veloce dal treno. Lo osservo allontanarsi sul binario, così provato, mi fa tenerezza. Mi ha già cacciata di casa una volta, per ragioni ben più comprensibili, e sono sopravvissuta.

Papà, non morire mai, singhiozza intanto Ludo, che non sa immaginare la sua vita senza di lui.

Alla prima riunione con l'équipe parigina scopro che nel team c'è anche Xavier, un collega francese che è diventato un amico, o meglio un amante saltuario. Ci capiamo ed è un bell'uomo. Quando le nostre vite si incrociano, ci concediamo una cena solo noi due, di solito capita almeno una volta all'anno. A lui piace raccontarmi di sé e lo fa in un modo che non mi annoia, intervalla la descrizione delle sue peripezie familiari con dei gran sorrisi e mi fa gli occhi dolci, così io sto più volentieri ad ascoltarlo. In alcuni momenti ci guardiamo proprio come due che hanno fatto l'amore e che lo rifarebbero ancora.

Xavier sta attraversando da anni una tragedia familiare: ha tre figli con una donna che lo ha lasciato e ha cercato di togliergli la custodia dei bambini, ma non ce l'ha fatta, solo che la primogenita ha deciso di prendere comunque le parti di sua madre e ha smesso di rivolgergli la parola. Il problema maggiore, però, è che la ragazzina ha tentato in più occasioni di togliersi la vita, ha già subito un ricovero in psichiatria e lui, come tutti i genitori del mondo, è impotente di fronte alla sofferenza psicologica di sua figlia, che per di più non lo vuole accanto. Non c'è niente che io possa dire per alleviare la sua preoccupazione, quindi ogni tanto gli accarezzo una spalla, il viso, fumando sigarette, mentre lui parla e ordina altro cibo, altro vino, un cognac.

Ogni volta mi chiede se sto ancora con lo scultore sposato e quando io annuisco lui scuote la testa, ma non percepisco mai giudizio da parte sua. Io lo ammiro: nonostante gli anni di lotta in tribunale per la custodia dei figli, nonostante l'evidenza di aver fallito il progetto della famiglia perfetta, con tanto di matrimonio in chiesa e battesimo di tutti e tre i bambini, Xavier è rimasto in piedi. E cerca di essere felice, crede ancora che sia possibile anche per me.

«Sei una donna bellissima, ti potresti innamorare. E magari, usando la tua intelligenza, di un uomo come si deve» mi dice affettuosamente, consapevole di non essere in lizza per quel ruolo.

«Da quando ero poco più che una ragazzina ho sempre fondato la mia intera vita su questa presunta intelligenza e non solo non mi ha reso felice, sono anche finita a fare un lavoro che consiste nel far sentire intelligenti degli imbecilli e permettere loro di avere i soldi per realizzare progetti che, guarda caso, sono progetti da imbecilli...»

Lui annuisce e ride di gusto.

«La settimana scorsa ero seduta su una panchina in un quartiere non lontano da casa mia, c'era il sole e una calma domenicale.» A differenza di Xavier io non so raccontare cosa provo o cosa mi fa soffrire, posso solo fornirgli un resoconto dei fatti. «Osservavo i passanti, da soli o con i cani, cercavo le somiglianze fra animali e padroni come nella *Carica dei 101*. Ho sempre amato quella carrellata iniziale di esseri umani che vanno al parco coi loro gemelli quadrupedi. A un certo punto ho sentito delle urla e poi ho visto comparire un uomo di quasi sessant'anni, ma ancora atletico: "Devi andare a scopare" urlava alla donna trans che stava qualche passo dietro di lui, "devi andare a scopare e portarmi i soldi!".»

«Ma dove vivi?» interviene Xavier un po' scioccato.

Gli faccio segno con la mano che in quel momento la sua domanda non ha importanza.

«Il fatto è che avrei voluto picchiare quell'uomo, annientarlo, ma non ne avevo la forza fisica, ovviamente, e poi ho pensato che non ne avevo neanche il diritto.»

«Perché?» mi chiede a quel punto più incuriosito che preoccupato.

«Perché nel mio lavoro io sono sia la puttana che il pappone. Non vado a scopare, ma mi vendo comunque.»

Xavier sa benissimo di cosa parlo, era con me qualche ora prima, mentre la dirigente dell'ente che ci ha ingaggiati cercava di darci lezioni di resistenza allo stress, lei che riceve lo stipendio tutto l'anno per non fare nulla e con i soldi dello Stato paga persone come noi per trovare fondi europei. Fondi che verranno in parte usati per sottopagare i precari che durante il progetto lavoreranno sedici ore al giorno e in parte andranno a rimpinguare il suo bonus annuale. Xavier infatti non ci prova nemmeno a convincermi che il paragone fra me, la prostituta e il pappone è esagerato. Mi guarda invece con i suoi occhi morbidi: «Andiamo» mi dice.

La prima volta che abbiamo fatto l'amore è stata a casa sua. La mattina dopo mi aveva fatto il caffè prima di andare a prendere i figli a casa della ex moglie per portarli a scuola. Quando era uscito, mi ero aggirata per il suo appartamento, osservando a lungo la foto del nonno che teneva in camera da letto, di cui mi aveva parlato come di una persona fondamentale, che si era occupata di lui e di suo fratello mentre i loro genitori fallivano la missione di stare accanto ai propri figli. Avevo curiosato nel cassetto del comodino, trovando la lettera di una donna che avrei potuto essere io, ma con un nome francese, che gli scriveva quanto fosse stata bene, gli augurava il meglio per la sua situazione e lo rincuorava: tutto si sarebbe sistemato. Avevo riposto la lettera ed ero andata in bagno a prepararmi. Neanche lei ne era innamorata e io, prima di trovare quel biglietto, gli avevo già lasciato sul tavolo del salotto un messaggio affettuoso, molto simile al suo.

Ora, davanti all'ingresso del mio albergo, mi bacia il viso, non le guance, tutta la faccia: il mento, gli angoli della bocca, la fronte, dietro le orecchie. Lo lascio fare, mi appoggio ai suoi baci, fino a che non avvicina il suo bacino al mio e mi fa sentire che ha un'erezione.

«Vedi che effetto mi fai» mi dice prendendomi poi la mano e poggiandola sul suo cazzo.

No! Lo sai che spinge troppo e ti fa male, succede tutte le volte...

Allargo le gambe e gli permetto di aprire la zip dei miei pantaloni, scostare la mutandina e mettermi dentro il dito medio. Ha le dita piuttosto tozze, ricoperte di peluria rossiccia e lentiggini. Mi brucia un po'.

«Saliamo nella tua camera» mi sospira nell'orecchio.

«No, voglio che mi scopi in strada.»

«Ludovica, non si può.»

«Non si può» gli faccio eco, spostandogli la mano.

Altre volte ho lasciato che mi penetrasse come un forsennato, senza mai rispondere di sì ai suoi "ti faccio male?", perché poi arrivava un momento nella notte in cui si stancava di scopare senza che nessuno dei due venisse e allora io potevo succhiarglielo, baciarlo, e prendermi così la mia dose di divertimento. Stasera, però, non ho voglia di essere indifferente, di farmi fare male l'amore e comportarmi come se quello che mi succede non fosse importante, come se la vita che vivo non fosse la mia.

«Ci vediamo domani in riunione, *chéri*» gli dico quindi.

«Se cambi idea, anche nel cuore della notte, basta che mi chiami.»

«Grazie, *love you.*»

«*Je t'aime aussi*» mi dice afferrandosi il cazzo ancora duro nei pantaloni.

Il giorno dopo, in metrò, mi accorgo che la donna seduta di fronte a me parla in italiano al telefono e non posso fare a meno di ascoltare la sua conversazione. Dice che è contenta perché il figlio del suo nuovo compagno, anche se non è una cima a scuola, è comunque un bravo ragazzo, e a lei fa piacere averlo spesso in giro per casa. Inizio a fissarla con la stessa intensità con cui da ragazzina puntavo gli occhi su un elettrodomestico per carpire il segreto del suo funzionamento e riferirlo eventualmente agli alieni. Non bado al fatto che potrei sembrarle maleducata. Ha una mandibola pronunciata che rende il suo viso volitivo, ma gli occhi, il sorriso, la fronte sono accoglienti. Quando chiude la telefonata, inizia a guardarmi anche lei, con un'espressione saccente ma divertita.

«Sei italiana?» mi chiede, sporgendosi verso di me. Io annuisco e lei prosegue subito con un'altra domanda, di cui ha già intuito la risposta.

«Non hai figli neanche tu?»

Non mi stupisce troppo che mi abbia rivolto la parola, riconoscersi come italiani all'estero comporta spesso una forma di confidenza tra sconosciuti. Mi chiedo invece cosa in me indichi così chiaramente che non sono una madre.

«No» le confermo con un tono leggermente stizzito per la domanda troppo personale.

«Ahaha, non ti offendere! L'ho capito da come mi guardavi» si scusa. «Non c'è niente di male. Io non ne ho potuti avere. Adesso ho un compagno che ha un figlio dal suo primo matrimonio e sono contenta, a un certo punto ti devi occupare di qualcuno, altrimenti la vita non ha senso, tutto il resto non basta.» Parla velocemente e senza nessuna remora, come se ci conoscessimo da tempo.

Scende prima di me, si alza all'improvviso, mi saluta con un sorriso generoso, non faccio in tempo a chiederle come si chiami. Ludo la battezza Angelica Lamour, comparsa a Parigi per ricordarmi che quel sentimento esiste anche se io mi ostino a non volerlo neanche nominare.

Alla fine della riunione rientro in albergo, decido di fare come le signore, come farebbe Mariella, di bere un bicchiere di vino al bar dell'hotel. Da lì scrivo un messaggio a

Giulio, una banalità che in tutti questi anni non gli ho mai detto e che per la prima volta mi risulta evidente: "Capisco che tu non abbia il coraggio di lasciare tua moglie".

È vero, seduta su uno sgabello scomodo, nella luce ambrata di quel bar lo capisco davvero.

"Grazie. Ho troppa paura" mi risponde.

Non aggiungo che più di ogni altra cosa condividiamo quella paura, che penso che ci leghi più di tutto: non abbiamo una casa insieme, un cane, un figlio, non abbiamo neanche il nostro letto in cui incontrarci, nonostante tutto, ogni notte, per provare a riposare. Però abbiamo entrambi tanta paura. Lui teme che lasciandomi diventerebbe solo ciò che realmente è: un artista indeciso, talentuoso e inconcludente, che solo grazie alla ricchezza di sua moglie ha una vita movimentata, piena di vacanze, mare e aperitivi. Io ho il terrore che senza di lui sarei me stessa e basta: una donna estremamente sola, che aspetta immobile una riparazione del passato che non avverrà, che non può avvenire.

L'indomani mattina torno a Torino, ho bisogno di vedere il fiume della città in cui sono nata. Lascio i bagagli al deposito in stazione, prenoto un biglietto per Roma sull'ultimo treno veloce disponibile per la sera: non voglio andare dai miei, non ho voglia di eseguire dei compiti, dei doveri, sempre gli stessi, come se nella mia vita non potessi fare altro. Voglio solo camminare lungo il Po.

Dalla stazione di Porta Nuova mi avvio verso i portici, li percorro tutti fino a piazza San Carlo, poi proseguo, prendo la strada che facevo ogni giorno per andare all'università da ragazza, alcuni negozi sono rimasti gli stessi, è un fatto che mi rassicura. Quando raggiungo il Po, scendo i gradini che portano ai murazzi, lungo il fiume, e inizio a camminare in direzione del Parco Valentino. Faccio qualche saltello, mi rendo conto che alcuni passanti mi guardano, ma solo brevemente, io continuo con la mia andatura svelta, poi mimo un passo di valzer, riprendo dritta, canticchio una canzoncina in piemontese che cantavamo sempre al liceo, racconta di un uomo tutto nudo nella vasca da bagno, che si gode il momento di piacere fino a che non si schiaccia un testicolo. Rido da sola.

Passo davanti a un bar meraviglioso che è anche una cioccolateria. Decido di entrarci e do appuntamento lì a mio padre.

Poco dopo arriva sorridente, anche lui ama quel posto e penso che abbia apprezzato il diversivo. Decido di non parlargli dell'ultima volta che ci siamo visti, del suo invito a non tornare a casa loro per un po', e lui si guarda bene dal farmi domande o dal riprendere il discorso.

Mentre io bevo un vermut e lui una cioccolata calda con la panna, gli chiedo solo, a bruciapelo: «Se tornassi indietro faresti i figli?».

«La nostra società si muove verso l'estinzione, proprio perché non si fanno più figli, lo stesso accadde all'impero romano col calo demografico, soprattutto tra le famiglie dei soldati...»

«Non mi interessa degli antichi romani ora, voglio sapere di te: ci rifaresti o no?» incalzo.

«È una domanda difficile. A me e a tua madre piaceva l'idea di avere dei bambini. E ora siete vecchi» mi risponde con la bocca sporca di cioccolata.

Lo accompagno fin sotto casa, ma non salgo e gli chiedo di non dire a mamma di avermi visto, gli prometto che tornerò presto se per lui va bene: mi fa un cenno con la mano come per scacciare indietro il passato.

Ho sempre immaginato che avrei rivisto Tommaso all'uscita del tabacchino in piazza Bodoni, dove ci fermavamo a comprare le sigarette ai tempi del liceo, prima di entrare a scuola. Ogni volta che torno a Torino devo almeno passarci davanti, se ho un po' di tempo mi siedo sulle panchine al centro della piazza a fissare il punto in cui sono convinta che avverrà il nostro incontro. Se sono di fretta mi apposto solo qualche minuto dietro a una colonna dei portici e aspetto che lui compaia, anche se vive in un altro Paese e potrebbe avere smesso di fumare anni fa, visto che neanche allora aveva la stoffa e la testardaggine del tabagista.

Invece accade sotto quella che era casa dei miei, casa mia, casa nostra.

È accanto all'uscita della farmacia che sta a una decina di metri dal portone, potrebbe trovarsi lì perché ha comprato delle medicine, o un dentifricio speciale per denti scheggiati e indimenticabili. Ho da poco salutato mio padre e cammino di fretta, come al solito. Lo supero senza accorgermi di lui, nemmeno la mia giacca che lo sfiora mentre lo sorpasso a testa bassa lo riconosce, e il mio naso non sente il suo odore, forse perché ho fumato troppo, forse perché è trascorsa troppa vita. Niente in me mi avrebbe permesso di rivederlo, sarei rapidamente passata accanto alla felicità perduta, ignorandola.

«Ludovica Montella.» La sua voce però la so.

Mi fermo e mi volto verso la vetrina alla mia destra. Quella riflessa nel vetro sono io che sto per rivedere Tommaso.

Mi viene incontro e mi prende per un braccio, ha paura che possa sottrarmi al suo richiamo e ha ragione, vorrei scappare, ma non c'è modo.

«Tommaso» dico incrociando il suo sguardo. «Abbiamo

lo stesso taglio di capelli» aggiungo subito, non sopportando la tensione del silenzio e soprattutto dei nostri occhi negli occhi. Mi sorride. Per primo vedo il dente rotto, poi il contorno delle labbra, l'accenno di una barba brizzolata non fatta da due o tre giorni al massimo, le linee delle mascelle, fini e dritte. La punta del naso leggermente corposa, gli occhi non grandi, e azzurri, uno segnato ancora da un velo, una patina come di albume che evidentemente non si è mai sciolta.

Magari bastava davvero che quel viso rimanesse accanto al mio in tutti questi anni perché io non provassi mai lo sgomento che invece mi accompagna a ogni passo.

«Stai andando a casa?» mi chiede.

«I miei non abitano più qui.»

Mi sorride ancora, poi abbassa lo sguardo. «Io ci passo ogni volta che torno a Torino, sperando sempre di rivedere uno di voi.»

È sincero, gli basterebbe vedere un Montella, non importa quale.

«Puoi chiamare mia madre quando vuoi, anche lei sarebbe contenta di incontrarti, le faresti un bellissimo regalo.»

«E tu sei contenta?» mi chiede con un po' di malizia.

Se avessi saputo che mi sarei imbattuta in lui avrei indossato un abito di paillettes, lo avrei comprato apposta, dorato, senza spalline, cortissimo. Avrei messo i tacchi e fatto una maschera illuminante per la pelle del viso, mi sarei almeno data il rossetto.

Lo guardo ancora: è magro e di buona corporatura come da ragazzo, ha i capelli fini, più lunghi dietro, con il ciuffo a sinistra e varie ciocche bianche ai lati della testa. Io conosco il modo in cui li sistema dietro le orecchie, i movimenti esatti che compiono le sue dita nel farlo.

Non rispondo, voglio chiedergli io qualcosa, cerco di selezionare tra le migliaia di domande che ho pensato di fargli in tutti gli anni in cui ho sperato di vederlo e ho immaginato per filo e per segno ogni istante del nostro incontro. Non riesco a ricordarne neanche una e dentro di me non trovo la rabbia che ho provato per tanto tempo.

«Non era vero quello che mi dicevi: non sono perfetta.» Non mi viene da dire altro.

Mi guarda, non se l'aspettava.

«Neanche io lo sono» ammette rattristato.

«Perché sei stato con me in quei mesi in cui papà era in galera? Perché solo in quel periodo?» continuo allora.

«Perché eri bellissima, ma aveva ragione Edoardo: non avrei dovuto, perdonami.» Mi guarda con dolcezza, e io, come un tempo, lo trovo perfetto, lo è per me.

Abbraccialo, annusalo, bacialo, saltagli sulle spalle, aggrappati alla sua schiena così forte da non poter più scendere, che non possa liberarsi, che non ci sia più un giorno senza di lui.

Invece gli faccio un cenno di saluto con la mano sinistra, neanche la sollevo, la faccio solo oscillare leggermente mentre ancora lo guardo e un poco gli sorrido. Fa una faccia stupita, ma saluta anche lui, in silenzio. Mi giro e me ne vado.

Cerco di nascondere lo sbandamento almeno per un po', il tempo che mi serve a uscire dallo sguardo di Tommaso. Al posto dell'asfalto del marciapiede su cui sto camminando, mi sembra che ci siano delle pietre, di quelle che stanno tra i binari, grosse e spigolose. Ho la sensazione di cadere a ogni passo, cerco di cambiare tragitto, ma gli ostacoli sono ovunque: pozzanghere che assomigliano a stagni invalicabili, cumuli di sporcizia dappertutto. Faccio per tornare indietro, ma ho il terrore che alle mie spalle ci sia un dirupo, intorno mi sembra ci sia una folla, nessuno è da solo tranne me, che ho bisogno di riparo. Vedo un portone aperto ed entro in un cortile interno, mi appoggio al muro, chiudo gli occhi. Ho la nausea, vorrei vomitare anni di inutili speranze e tempo perso: «Voglio solo un'altra occasione, voglio un'altra vita!» sussurro.

Io avrei voluto diventare docente all'università. Avrei voluto sposarmi con Tommaso, fare tre figli, due maschi e una femmina, entro i trent'anni, poi dedicarmi alla politica, essere eletta deputata e poi un giorno, chissà, presidente della Repubblica.

«Ma non vedi che tutto questo è finito, ed è finito da anni ed è finito per sempre, la vuoi smettere, per favore, smettila!» rispondo a Ludo, esasperata.

Se pensi davvero che sia tutto finito, che siamo solo stelle destinate inesorabilmente a cadere, esprimi almeno un desiderio.

Epilogo

Appena l'ho visto, ho pensato che assomigliasse a mio fratello quando era ragazzo. È una cosa che mi capita quando voglio entrare in contatto con qualcuno che non conosco e a cui voglio piacere, lo faccio per sentirmi a mio agio: trovare delle similitudini con Edoardo. In questo caso sono i capelli, lo stesso tipo di ricciolo, stretto e armonioso, che ha Nazim e che è di Edo. Anche i denti hanno qualcosa di familiare, sono grandi e molto bianchi: quello, in realtà, è un marchio di fabbrica dell'intera famiglia Montella.

L'ho incontrato solo dopo aver affrontato diversi colloqui con i servizi sociali e a seguito di un'ispezione a casa. Infine, hanno giudicato che ero idonea a diventare affidataria di un minorenne rifugiato, per un periodo di circa due anni. Di lui so che è in Italia da un bel po' ormai, è orfano di madre, nessuno dei suoi nonni è vivente e ha un padre che è rimasto in Siria. Da quando è arrivato nel nostro Paese sta in una casa famiglia.

Lo porto a mangiare qualcosa in un bar tavola calda: Nazim prende la pasta al sugo e io un'insalata, poi ordina anche una cotoletta a forma di cuore, servita con contorno di pomodori, un prodotto evidentemente industriale e surgelato. Le cotolette che ci preparava Rosa erano tutte diverse, comprate dal macellaio e coi bordi arricciati per il contatto con l'olio caldo della frittura. Lui nota che sto fissando il suo piatto e mi chiede se ne voglio un po', sarà convinto che la mia insalata non mi abbia sfamato, invece io ho poco appetito e soprattutto non mangerei mai quella carne. Il fatto è che vorrei che neanche lui lo facesse. Non è passata nemmeno un'ora da quando siamo insieme e già desidero preparargli le polpette. Mi immagino in piedi, in silenzio, a osservarlo mentre le mangia, orgogliosa, col grembiule sporco e le mani ancora appiccicose dell'impasto di carne e uova. Per Nazim vorrei saper essere Rosa, almeno un poco, vorrei potesse assaporare tutta la bontà d'animo che c'era in ogni singolo pasto che lei preparava per noi, dal momento in cui decideva cosa cucinare, fino a quando, dopo aver acquistato gli ingredienti nelle botteghe del quartiere, si metteva ai fornelli e ci faceva da mangiare. Quanta sapienza in tutto quel lavoro, in quella fatica sempre data per scontata.

Nazim ha gli occhi tristi ma luminosi, delle stelle nascenti che mi guardano con curiosità, timidezza, rispetto. Io cerco di parlare nel modo più semplice possibile, lui capisce l'italiano e si fa capire, ma gli chiedo spesso se quello che ho detto gli è chiaro. E lui annuisce, guarda lontano, si mangia nervosamente le unghie, sorridendo, però, come se il futuro che ha di fronte, di cui sono una piccola messaggera, fosse incerto ma promettente.

«A casa avrai la tua stanza, ma dovremo dividere il bagno. Io di solito viaggio molto per lavoro, ma sto cercando un impiego diverso, e poi ci sono i miei genitori da cui ogni tanto potresti andare a stare per qualche giorno, se proprio io non trovassi un'altra soluzione.»

Mi guarda: forse vorrebbe chiedere se queste persone che ho nominato, mia madre e mio padre, siano delle risorse o un pericolo. O forse sono io che me lo domando.

«Sono molto bravi, mio padre sa tantissime cose e cucina davvero bene.»

Non gli dico della sua reazione quando gli ho comunicato la mia intenzione di fare richiesta per l'affido.

«Ludovica, ma ti rendi conto dei pericoli a cui ti esponi? Potrebbe essere un delinquente che ti porti in casa e in ogni caso, anche se fosse un ragazzino meraviglioso, non sarà mai tuo figlio e appena maggiorenne se ne andrà e ti lascerà ancora più sola di quello che sei.»

«Papà, tu ti rendi conto che la mia intera vita si riduce a un tentativo di mettermi al sicuro? Il lavoro, i soldi, la solitudine, non faccio che cercare di evitare ogni possibile rischio. Mi sveglio tutte le mattine pensando che se ti sopravvivo non saprò più come stare al mondo.»

«Cosa dici? Tu devi sopravvivermi.»

«Sì, e nel frattempo vorrei vivere una vita che mi assomiglia e che non sia solo la reazione a quello che è successo a te e alla nostra famiglia.»

«E pensi che metterti in casa uno sconosciuto sia la soluzione? Certo, non puoi più avere dei figli tuoi, hai aspettato troppo, ma sei ancora in tempo per trovare un uomo come si deve, il fatto è che tu proprio non riesci a essere normale» mi ha detto con la voce ormai alterata dalla rabbia e dai sensi di colpa.

«Preferiresti che andassi all'estero a farmi fecondare a pagamento?» Non avevo tempo di discutere con lui e avevo bisogno che mi appoggiasse in questa scelta, non è una delle tante cose della mia vita che posso fare da sola, per cui posso usare il mio mantra: ce la faccio, non ti preoccupare. Per questo l'ho messo spalle al muro evocando l'ipotesi della fecondazione assistita, che per lui rappresenta la deriva ultima dell'individualismo: le persone, in preda a un delirio di onnipotenza, credono di poter fare a meno di un altro essere umano per procreare e educare dei bambini e delle bambine.

«No» ha risposto infatti senza esitare.

«Immaginavo. Allora, preparati a diventare un bravo nonnino per almeno due anni» e per una volta il telefono l'ho attaccato io.

Nazim mi chiede se ho dei fratelli o delle sorelle.

«Sì, un fratello maggiore che si chiama Edoardo.»

«E ci vai d'accordo?»

«Gli voglio molto bene.»

Sospira e fa un sorriso malinconico, come se fosse contento per me e allo stesso tempo rassegnato. So che lui ha almeno un fratello in Siria, che è rimasto con suo padre. Non me lo dice, però, guarda nel piatto e continua a mangiare lento e composto.

«Quindi se io vengo a casa tua diventiamo anche noi una famiglia?» mi chiede quando ha finito la cotoletta.

Sono preparata, ho studiato la legge 47 del 2017, che regola i diritti dei minori stranieri non accompagnati, e i vademecum del comune e dell'associazione umanitaria attraverso cui mi sono informata in prima istanza. Ho letto molto, so che una delle reazioni possibili da parte sua potrebbe essere quella di voler da subito dimostrare un attaccamento che non abbiamo avuto il tempo di maturare, accelerare i tempi fisiologici della creazione di un legame, utilizzare il linguaggio dell'affetto per garantirsi sostegno e soprattutto per non essere rispedito in casa famiglia.

Sto zitta, guardo il tavolino, vorrei accendermi una sigaretta ma non lo faccio, perché darei il cattivo esempio.

Mi sono detta che quando si tratta di imitare un genitore bisogna comportarsi esattamente al contrario di come suggerisce Seneca, perché i ragazzi e le ragazze non badano soltanto a quello che dici, ma anche a quello che fai.

E però non voglio mentirgli.

«No» chiarisco subito. «Le famiglie seguono sempre delle leggi, anche se sono sbagliate. Lo fanno tutte: anche quelle dei criminali hanno le loro regole. Ogni famiglia pensa di essere migliore delle altre, oppure, al contrario, la peggiore, la più tormentata e sofferente. A volte una stessa famiglia crede entrambe le cose: di essere il miglior esempio possibile e anche il peggiore, a seconda del momento. In famiglia non esistono le vie di mezzo, non può esserci lucidità.»

Nazim mi guarda, gli chiedo se ha capito le mie parole e lui fa segno di sì.

Lo osservo, vedo che quello che gli ho appena detto lo ha mandato in confusione.

«Quindi cosa siamo?» mi domanda.

«Per adesso siamo io e te. Mi auguro che diventeremo due persone che si vogliono bene, che si rispettano e che cercano di aiutarsi a vicenda. E poi dovremo diventare due persone che sanno allontanarsi, pur continuando a volersi bene.»

«Siamo amici allora?»

«Credo che siamo più due cuculi.»

È sgomento.

«Non è una parolaccia. I cuculi sono uccelli che depositano le proprie uova nel nido degli altri e che passano la maggior parte del loro tempo a emigrare, in totale solitudine. Tu sei un cuculo, perché vieni a stare nel mio nido, e io sono un cuculo, perché spesso in quel nido ti ci lascerò da solo.»

Accenna un sorriso, poi aggiunge: «Non mi piace cuculo».

«Solo perché ti ricorda la parola "culo"» gli dico. «Nazim, ciò che stiamo facendo è difficile, prima di tutto per te, che oltre a quello che hai passato devi anche provare ad abituarti alla mia presenza e a fidarti. Ma è complicato anche per me, che corro il rischio di fare una cosa che sembra bellissima, così da brava persona, di cui però non so se sono capace. Non sono un'eroina e tu non sei un santo, siamo due cuculi.»

«Va bene» mi dice, accondiscendente.

«Cosa ti piacerebbe fare rispetto all'apprendistato, quindi?» gli chiedo per cambiare argomento.

«Montare pannelli solari.»

«Hai le idee chiare, bene.»

«Ho già fatto delle prove per delle ditte, mi sembra che erano contenti. Se mi prendono posso iniziare, così guadagno anche dei soldi e un po' te li do.»

A volte ho insistito con mio padre affinché chiedesse a mio fratello di restituirgli anche solo una minima parte dei soldi che gli doveva, una sorta di gesto simbolico, un modo per Edoardo di cospargersi il capo e per lui di recuperare quanto meno un gruzzoletto.

«Una madre e un padre possono occuparsi di cento figli, ma cento figli non sanno occuparsi di una madre e di un padre» mi ha spesso risposto mio padre. "Figuriamoci cosa poteva fare Edoardo da solo" era la conclusione che non pronunciava.

«Comincia con l'ottenere il lavoro, vediamo come va e poi capiamo anche questa cosa dei soldi» dico invece a Nazim.

«Sì, ma io anche ti posso aiutare» insiste.

«Lo so, Nazim, e ti ringrazio. Sicuramente avrò bisogno del tuo aiuto: per esempio in casa, coi panni da lavare, le pulizie, i piatti.»

Sul suo viso l'espressione di fierezza e serenità inizia a incrinarsi, virando verso lo spavento e l'orrore generati dal pensiero delle faccende domestiche.

«Eh, lo so, quello non piace a nessuno» gli dico allora.

«Io ti do i soldi e tu con quelli paghi qualcuna che lo fa» mi risponde lui, fiero della sua soluzione.

«Così ci togliamo il pensiero, vero?»

«Sì.» È di nuovo entusiasta.

«Pensaci, però: paghiamo una donna affinché faccia quello che già deve fare a casa sua, un lavoro che non piace a nessuno, solo perché noi siamo troppo pigri o ci sentiamo troppo signori per farlo. Poi, quando siamo stufi o tu te ne vai, la mandiamo via, la cacciamo.»

«Perché siamo dei cuculi» conclude soddisfatto.

Rido guardando i suoi occhi piccoli e profondissimi, in cui mi sembra che sia racchiusa tutta la dolcezza che cerco da anni e che da anni mi rifiuto di incontrare, di accogliere.

Magari il tempo della caduta è finito, del resto anche i cuculi sanno volare.

Indice

Certificato PEFC
Questo prodotto è realizzato con materia prima da foreste gestite in maniera sostenibile e da fonti controllate
PEFC/18-32-03
www.pefc.it

Mondadori Libri S.p.A.

Questo volume è stato stampato
su carta HOLMEN
con fibra vergine proveniente da foreste sostenibili holmen.com/paper
presso ELCOGRAF S.p.A.
Stabilimento - Cles (TN)

Stampato in Italia - Printed in Italy